늑대와 향신료

XX

Spring Log III

하세쿠라 이스나 지음
아야쿠라 쥬우 일러스트
박소영 옮김

늑대와 봄날의 유실물

"그건 그렇고, 당신."

의자에 다시 앉더니

몹시 진지한 말투로

헛기침까지 한다.

해마다 하는 일이면서도,

늘 자신의 입으로 먼저 꺼내지는 않는다.

"아, 예. 알고 있습니다요."

로렌스는 어이없이 웃으며

여전히 숲 향기가 남아 있는

빗 하나를 집어 들었다.

온천장 '늑대와 향신료'의 여주인
현랑 호로

늑대와 시럽 빛깔 일상

"잠깐 할 얘기가 있어."

한숨 섞인 로렌스의 말투에

그제야 고개를 든다.

호로는 저녁을 먹은 후로 쭉,

침실 책상에 매달려 있다.

온천장 '늑대와 향신료'의 주인
로렌스

"뭔데?"

"잉크 묻었어."

"으."

로렌스가 손가락으로 닦아 주자.

호로는 가늘게 떴던 눈을 감고

짐승 귀를 쫑긋쫑긋한다.

늑대와 수확의 가을

"자, 물."

쓰러진 나무에 앉아

점심식사 준비를 하고 있자.

모습이 보이지 않던 호로가

가죽자루를 손에 들고 서 있다.

어느 골짜기에선가

신선한 물을 떠왔나 보다.

"아, 고마워. 점심 차릴 테니까 잠깐만 기다려."

"음. 고기는 듬뿍."

그런 소리를 장난기도 없이 한다.

로렌스 옆에 서서 기분 좋은 듯 한쪽 눈을 가늘게 뜨고

산들바람에 흔들리는 나무숲을 바라보며.

CoNTENTs

늑대와 향신료 ⓧⓧ

Spring Log III

eXtreme novel

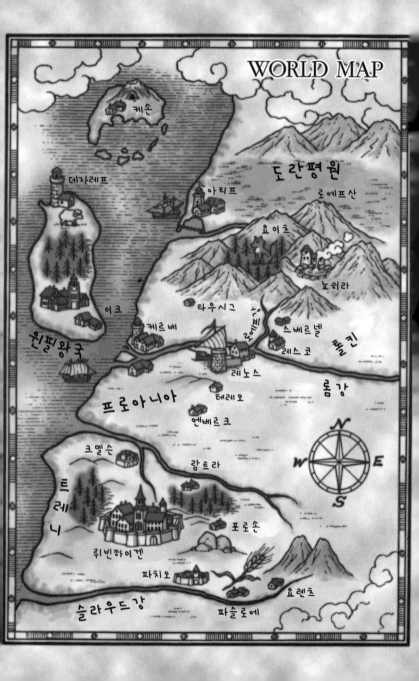

늑대와 봄날의 유실물

산에서 눈이 사라지고 나무들이 싹을 틔우며 세상의 빛깔이 선명해진다.

얼음장 같던 겨울 공기가 부드러운 흙 내음으로 바뀌어 간다.

겨울에서 봄, 봄에서 초여름으로 옮겨 가는 광경은 해마다 보는 것인데도 늘 신선한 기쁨이 있다.

그러나, 온 세상이 활동적이 되면 그에 상응하는 일이 수두룩하게 대기하니, 반갑기도 하고 반갑지 않기도 하다.

개중에서 가장 성가신 일이 마침내 올해도 로렌스 곁을 찾아왔다.

"흐그… 흑… 으엣취!"

온천장 '늑대와 향신료'의 주인인 로렌스는 코에 무언가가 들어가 재채기를 터뜨리며 잠에서 깼다. 자고 있는 사이에 얼굴 위에서 거미가 집이라도 지었나 했는데, 그게 아니다.

뭐지 싶어 얼굴을 문지르다가 이내 정체를 알았다. 덮고 있는 이불을 뒤집자 꼴이 말이 아니다.

"야, 일어나."

한 이불 속에 앳되어 보이는 소녀가 잠들어 있다. 아마색 머리털이 아름다워 언뜻 귀족인가 싶겠지만, 그런 것치고는 살집이 별로 없으니 끽해야 수도녀이리라.

그렇다고 로렌스가 신의 눈을 속여 데려온 건 물론 아니니, 아내인 호로다.

요컨대 양심 켕길 일은 없다는 이야기인데, 하지만 이 호로에게는 남에게 알리고 싶지 않은 사정이 있다. 그게 또, 이불을 걷어 내도 몸을 웅크린 채 쿨쿨 잘 정도로 천하태평이라는 점은 아니고.

호로의 머리에는 세모꼴 짐승 귀가, 허리에는 커다란 꼬리가 달려 있으니, 일찍이 호로는 신이라 불리며 모셔졌다고 하는 늑대의 화신인 것이다.

"또 때가 돌아왔나….."

무슨 꿈을 꾸는지 반쯤 웃는 듯한 어벙한 얼굴로 잠들어 있는 호로를 내려다보고 있자, 자칭 현랑께서는 커다란 꼬리를 느른히 움직이신다. 즉시 로렌스는 다시 재채기를 터뜨렸다.

이불 밑은 갈색 털 천지, 물론 잠자는 호로의 꼬리와 똑같은 색깔.

올해도 또다시 털갈이 시기가 돌아온 것이다.

온천향으로 이름이 드높은 뇨히라는 겨울만이 아니라 여름에도 인기다. 마을을 흐르는 강에 설치된 선착장에는 오늘도 산더미 같은 짐이 부려지고 있다.

그런 선착장 옆 술집에서 로렌스는 염낭에서 꺼낸 은화를 곱게 늘어놓았다.

"이렇습니다."

"흠. 데바우 은화로… 일곱 냥. 무게도 괜찮고. 테두리가 안 깎인 깨끗한 돈을 보는 건 오랜만이네요."

로렌스가 늘어놓은 은화를 세는 이는 코가 큼지막한 남자다. 과하게 커 보이는 것은 아마도 주독으로 벌게진 탓일 수도 있겠다.

남자는 벌목꾼이 상인 흉내를 낸 듯한 차림새를 하고 있는데, 실제로 그런 일이 생업인 편력 목공직인이다.

"매년 고맙습니다. 그나저나 부인께서는 머리가 참 기신가 봅니다."

맥주와 돼지고기 소시지가 놓인 테이블에는 살이 고른 빗이 서른 개쯤 있다. 직인은 이 마을에 오는 무희들에게도 빗이나 머리장식을 만들어 주지만, 빗을 구입하는 양에서는 자신이 압도적일 것이라고 로렌스는 생각한다.

"틈만 나면 털을 빗어 대거든요. 지출이 만만치 않네요."

태양의 문양이 새겨진 데바우 은화는 은 함유량이 높은 훌륭한 화폐다.

그런 것으로 일곱 개.

착실한 시민으로서 가족을 부양하는 시벽 내 숙련 직인의 하루벌이가 은화 한 냥 반에서 두 냥이니, 이만저만한 낭비가 아닐 수 없다.

"저야 감사합니다만, 금속제 빗은 어떠십니까? 도금을 잘 한 것은 녹도 안 슬고 머릿결도 상하지 않아요. 하나 장만하면 오래 쓸 수 있지요."

직인은 본인 장사에 손해날 소리를 한다. 빗만 몇 십 개씩 만 들려니 질려서 그런가. 솜씨가 좋은데도 어느 도시조합에도 속하지 않고 떠돌며 사는 것도, 같은 일만 반복하는 것을 태생적으로 싫어하는 성격이라 그럴 테고.

"쇠붙이는 쓰기 싫다며 고집을 부려서요."

"하하. 그런 아가씨들이 종종 있지요. 머리가 상한다느니 어쩌니 하면서. 하기야, 금빗이 아니면 싫다고 하는 것보다야 낫지요."

직인은 웃으면서 맥주를 쭈욱쭈욱 들이켜고는 크게 숨을 토했다.

"그나저나 앞으로 몇 년은 주문을 받겠지만 그 후엔 어찌 될지, 좀."

막 받은 은화를 앞뒤로 들여다보고 챙겨 넣더니 그런 소리를 한다.

"요즘 눈이 침침해지기 시작해서요. 빗살을 가지런히 하느라 애를 먹어요."

"그러시군요…. 가능하면 앞으로도 쭉 만들어 주시면 좋은데."

"아, 그게 아니라, 그때는 아는 직인들을 찾아야지요. 도시

공방의 동료들한테서 개수를 맞춰 오는 거야 제 특기이니."

그 대신 직인조합의 수수료, 운송비 등등이 붙기에 같은 가격이라도 품질은 떨어진다.

어떻게든 호로를 설득해야겠다고 생각하고 있는데, 직인이 맥주를 마저 마시고 남은 소시지를 입에 문 뒤 일어섰다.

"그럼 저는 다음 온천장에 일이 있어서."

"아, 죄송합니다. 고맙습니다."

성미 급한 직인인지 이미 걸음을 뗀 뒤이고, 로렌스의 인사에는 손을 들어 응답한다.

로렌스는 어허 참, 한숨을 쉬고 제 몫의 맥주를 마신 뒤, 자루 한가득 든 빗을 끌어안고 자신의 가게로 돌아갔다.

가게에는 이미 손님이 들어와 있기에 털갈이 시기가 되면 호로는 대개 침실에 틀어박힌다. 빠진 털이 여기저기 들러붙어 청소하느라 큰일이기도 하고, 특징적인 늑대 털이 손님의 눈에 띄었다가는 한밤중에 숲에서 늑대가 내려와 어슬렁거리는 게 아닌가 하여 불안해할 테니.

받아 온 빗을 주러 로렌스가 침실로 가 보니, 호로는 이 빠진 빗으로 바지런히 털 손질 중이었다.

"자, 새 빗."

책상 위에 펼쳐 놓고 하나를 집어 호로에게 던진다. 평소엔 침대 위에서 털 손질을 하는 호로지만 지금은 창가로 옮긴 의자 위에 있다.

창틀에 포도주인지 뭔지까지 갖다 놓고, 참으로 우아한 노릇이다.

"흠. 여기 빗은 여전히 나무 향이 좋네."

새 빗을 코에 대고 킁킁 냄새를 맡는다.

덩달아 맡아 보니, 확실히 갓 깎은 나무의 상큼한 향이 난다.

"역시 내 꼬리에는 이런 숲 향기가 잘 어울린다니까."

지극히 만족스러운 표정으로 저러는데, 얼마간은 견제하는 마음일 거다. 낭비해서 찔리기는 하지만 금속제로 바꾸면 곤란하다는 뜻에서.

"아무래도 좋으니까, 털은 날리지 마라."

"멍청이."

호로야 저렇게 대꾸하지만 이 시기에는 방 청소를 아무리 해도 한이 없다. 로렌스는 거의 반사적으로 벽에 세워 놓은 빗자루를 들고 바닥을 쓴다.

그러자 의자 위의 호로가 뿌루퉁한 표정을 지었다.

"당신, 해가 갈수록 얄미움이 는다?"

"응? 확실히 나이를 먹으니까 은근함이 느는 것 같긴 해."

로렌스는 허리를 펴고 턱수염을 쓰다듬으며 그렇게 응수했다.

"하기는, 올해는 꼬리 하나가 줄어서 그것만으로도 훨씬 낫겠네."

이 온천장에는 짐승 귀와 꼬리를 가진 이가 한 명 더 있었다. 바로 하나뿐인 딸내미 뮤리인데, 가게에서 일하던 청년 콜이 여행을 떠나는 길에 따라붙어 집을 나가 버렸다. 그 일을 생각하면 지금도 로렌스는 가슴이 졸아들지만, 꼭 나쁜 점만 있는 건 아니다. 특히 뮤리는 호로와 달리 꼬리 손질에 별 흥미가 없는지 털이 빠지는 대로 놔두기에 더 큰일이었다.

하지만 로렌스는 빗자루를 벽에 기대어 세우다 문득 깨달았다.

"아니, 꼬리 하나가 줄어든 게 아니었네."

"음?"

"세림을 깜박했어."

세림은 얼마 전부터 새로 들어와 가게 일을 도와주고 있는 아가씨다. 묘한 인연으로 이곳에서 함께 일하게 되었는데, 세림 역시 호로처럼 늑대의 화신이다.

"아니 뭐, 뮤리용으로 주문한 빗이 있으니까 그걸 주면 되겠지."

고용인이 일하기 좋게 배려하는 것 또한 주인의 할 일.

그런 생각에 책상 위의 빗 중에서 몇 개를 고르고 있자, 호로가 옆에서 손을 쑥 뻗어 모조리 가져가 버린다.

"이건 내 거야."

로렌스는 하도 어이가 없어 멍해 있다가 이내 정신을 차렸다.

"뭔 소리야? 세림도 너랑 마찬가지로 애를 먹고 있을 텐데."

"걔는 귀와 꼬리를 감출 수 있으니까 없어도 돼."

호로가 바로 응수했다.

로렌스는 순간 납득할 뻔했다가 그건 아니지, 라며 생각을 바꾼다.

"뮤리도 귀와 꼬리를 감출 수 있지만 이맘때가 되면 비슷했잖아."

외동딸인 뮤리는 호로와 달리 귀와 꼬리를 자유자재로 넣었다 뺐다 할 수 있다. 하지만 감추었다고 없어지는 것은 아니기에 어쨌든 손질은 해야 했다.

"왜 그런 뻔한 거짓말을 해?"

호로를 나무란다기보다 어처구니가 없어 로렌스가 묻자, 호로는 주눅 든 기색도 없이 고개를 휙 돌리고 말했다.

"걔한테는 돈을 주면 되잖아. 코주부 직인, 아직 마을에 있을 거 아냐?"

그야 그렇지만, 아무리 빗을 자주 써 대는 호로라도 저렇게 많이 필요하지는 않을 터.

로렌스는 그렇게 생각했으나 호로의 변덕을 너무 따지고 들었다가는 묘하게 틀어질 수도 있음을 경험으로 학습했다. 게다가 빗은 썩는 것도 아니니 세림에게는 돈을 주고 다른 빗을 사게 해도 결과는 같다.

결국 호로의 말을 따르기로 했다.

"그럽지요."

그렇게 대꾸하자 호로는 여전히 뭔가 할 말이 있는 듯한 눈빛이다가, 일단 끌어안고 있던 빗과 자루를 책상 위에 도로 내려놓았다.

"그건 그렇고, 당신."

의자에 다시 앉더니 몹시 진지한 말투로 헛기침까지 한다.

해마다 하는 일이면서도, 늘 자신의 입으로 먼저 꺼내지는 않는다.

"아, 예. 알고 있습니다요."

로렌스는 어이없이 웃으며 여전히 숲 향기가 남아 있는 빗 하나를 집어 들었다.

양파 껍질을 벗기다 보면, 어느새 양파 하나에서 양파 두 개 분량의 껍질을 벗긴 듯한 착각이 든다.

호로의 꼬리털 손질이 매년 그런 느낌이다.

새 빗을 사 오면 첫 빗질은 항상 로렌스가 하고, 이후에는 호로의 부탁이 있으면 하는 식이다.

그리고 올해는 그 횟수가 연초부터 잦았다. 한바탕 일을 끝내고 점심밥을 먹은 후 침실에서 호로는 오늘도 로렌스의 무릎 위에 쓰러지듯 엎어져 있다.

갓 빗은 꼬리를 살래살래 흔들며 느긋이 조는 중이다.

현랑 님께서는 꼬리털 손질에는 일가견이 있으신지 로렌스와 함께 여행을 하게 된 후로도 한동안은 꼬리를 만지지도 못하게 했었다. 그 생각을 하면 로렌스는 호로가 자신에게는 마음을 연 것이 실감되어 얼굴이 헤벌쭉해진다. 딸인 뮤리가 없어지자 엄마 행세를 완전히 벗어던진 호로의 나태한 모습에도 어쩔 수 없다며 웃기만 할 뿐.

그런 로렌스가 빗에 얽힌 털을 풀어 수북한 뭉치를 자루에 담는다.

이것으로 방석이라도 만들면 좋을 텐데, 라는 생각을 늘 하지만 호로는 "내가 당신을 깔고 앉는 일은 있어도 그 반대는 있을 수 없다."라며 완강히 거부한다.

엉덩이에 깔리고 깔리지 않고는 둘째 치고, 상인의 본능에 왠지 아깝다. 호로가 양이었다면 깎은 양털을 그냥 내다 버리는 일은 절대 없겠지.

"…흐갹."

그런 생각에 빠져 있는데 호로가 괴상한 소리를 내며 몸을 움찔했다.

볕 따스한 계절에 집 밖에서 꾸벅꾸벅 졸고 있는 멍멍이가 따로 없다 싶은데, 이런 소리를 입 밖에 내었다가는 어떻게 될지 로렌스도 잘 안다.

"야, 잘 거면 이불 덮고 자. 감기 걸려."

친절을 베풀었건만, 호로는 시끄럽다는 투로 얼굴을 향해 꼬리를 휘두른다.

"어, 하지… 하지 말라니까."

로렌스가 호로의 꼬리를 치우자 그 틈에 호로가 손을 뻗어 로렌스의 멱살을 잡는다. 아차 한 순간에는 이미 엎어져, 늑대에게 잡힌 사냥감 꼴이다.

"…일하러 가야 돼."

로렌스가 그렇게 말을 해도 달라붙은 호로는 꼬리만 파닥파닥 흔들 뿐.

"하여간에 진짜… 뮤리가 떠난 뒤로는 완전히 풀어졌구나."

호로는 반론조차 펴지 않는다.

게다가 로렌스도 낮에 조금 마신 포도주가 뜻밖에 술기운이 도는지 거부할 수 없는 낮잠의 유혹이 덮쳤다.

해야 할 일은 수두룩하나 하루쯤 쉰다고 큰일 나지는 않을 거라는 악마의 속삭임마저 들린다.

차츰 움직임이 느려지는 호로의 꼬리에 덩달아 로렌스의 눈꺼풀도 무거워진다.

의식이 끊기려던 찰나, 가까스로 잠기운을 털어 내고 몸을 일으켰다.

"안 돼, 안 돼. 한나도 세림도 일을 하고 있는데."

여전히 누운 채로 호로가 원망스러운 눈빛을 보내온다.

"방에서 나갈 수 없어 좀이 쑤시는 건 알겠지만, 이것만 넘기면 즐거운 여름이야."

산에는 버섯이며 나무열매가 산더미처럼 나고, 꿀벌도 곳곳에 집을 지어 벌꿀의 강이 생길 지경이다. 민물고기는 겨울보다 여름이 훨씬 맛있고, 길 상태가 좋아서 왕래가 활발해지면 가축도 많이 들어와 소금에 절인 게 아니라 갓 잡은 신선한 고기를 먹을 수도 있다.

그러려면 지금이야말로 몸을 움직여 준비를 갖춰야 한다.

"그리고 그렇게 심심하면, 이걸 활용하는 방법이라도 좀 생각해 보지?"

로렌스가 빠진 털을 담은 자루를 가리키며 말하자, 호로의 눈이 귀찮은 기색을 띤다.

"해마다 양이 상당하고 품도 많이 들었잖아. 아깝다고. 왜, 언젠가 어느 귀족 딸이 여기 왔을 때, 애견 털로 만든 인형을 들고 있었잖아?"

꽤 잘 만든 인형이라 무희들의 관심을 적잖이 모았었다. 그런 장사를 하면 돈을 벌 수 있지 않을까 했는데 품이 많이 든다는 말을 듣고 포기한 적이 있다.

"네 꼬리털이면 곰 퇴치용으로 아주 이득일 텐데."

늑대 퇴치용이라는 말은 안 했지만, 호로의 냄새가 나면 숲의 패자들이 피해 갈 거다.

"멍청이."

하지만 호로는 짤막하게 대꾸하고는 뒹굴 돌아누워 버린다.

"난 현랑 호로야. 내 신체 조각을 안일하게 썼다가는 재앙이 일어나."

"과장은."

하며 웃었다가 호로에게 째림을 당한다.

여기서 더 들어갔다가는 정말로 화를 낼 것만 같다.

"아무튼 얌전히 있어."

그렇게 덧붙이자 호로가 땅이 꺼져라 한숨을 짓는다. 귀도 꼬리도 힘없이 축 늘어졌다.

"방에 있는 건 상관없지만… 탕에 몸을 담그고 싶구려…."

"그것만은 참아 줘."

산중이라 늑대가 어슬렁댄다는 소문에는 한층 민감하다. 탕에 늑대 털이 둥둥 떴다가는 우리 여관뿐 아니라 온 마을이 뒤집힌다.

"맛있는 것이라도 좀 가져올게."

결국엔 음식으로 회유하는 수밖에 없다. 호로의 귀가 쫑긋 선다.

"흠… 그럼, 돼지 통구이."

"너도 참, 그런 말도 안 되는 소리 좀 하지 마. 통돼지가 어디 쉽게 구해지냐?"

산중에서 살아 있는 돼지를 구하기가 얼마나 힘든지는 호로에게 누차 설명한 바다.

우선 뇨히라에 드나드는 상인에게 주문을 넣으면, 상인이 강을 따라 내려간 도시의 푸줏간에 연락한다. 연락을 받은 푸줏간은 시장에 가서 푸줏간 조합이 거느린 농가의 거래 창구에 원하는 돼지의 크기 및 특징을 전한 뒤 농가의 재고 여부 확인을 기다린다. 운 좋게 재고가 있고 다른 푸줏간에서 같은 주문이 들어와 있지 않으면 비로소 구입이 성사된다. 구한 돼지를 뇨히라로 들여오려면 이 과정을 거꾸로 밟아 나가야 하는데, 살아 있는 돼지는 울기도 하고 똥도 싸는 데다 자꾸 도망치려 들기에 그것을 관리하는 특별한 운반 인원이 있어야 한다. 또한, 돼지 한 마리만 해도 금액이 상당하기에 운반 및 구입에 관여하는 상인들 사이에 얼마간의 계약금이 정해지고, 공증인이 나서는 일도 있다.

어쨌든 엄청난 품이 드니 비용이 치솟는다.

쩨쩨하게 구는 것도 오기로 살 것도 아니라는 점을 알아듣게 설명했는데도 호로는 늘 회의적이다.

오늘도 또 그러나 했는데 호로가 귀를 쫑긋대며 이렇게 말했다.

"말이 되는 소리야."

"너 진짜."

한숨을 섞어 가며 설명을 하려는데, 호로가 몸을 일으켜 창밖을 훌쩍 내다본다.

"저기 좀 봐. 돼지 행상이잖아."

"뭐어? 그런 절묘한 얘기가 있을 리…."

하며 창밖을 보니, 돼지가 줄에 묶여 오고 있다. 호로의 귀에는 꿀꿀대는 돼지 울음이 들린 것이겠지.

"오늘은 저걸로 통구이를 하자. 응? 응?"

조금 전까지 나른하던 얼굴이 싹 바뀌어 들뜬 호로가 어린애처럼 옷을 붙잡고 조른다.

하지만 로렌스가 얼이 빠진 것은 돼지가 끌려오고 있어서가 아니었다.

그것을 끌고 있는 인물을 잘 알기 때문이다.

"루워드 단장?!"

돼지를 끌고 다니는 일과는 거리가 먼, 강인한 역전의 용병이었다.

황급히 가게 앞으로 마중 나가자 단출하게 부하 몇 명만 거느린 루워드가 늠름한 모습으로 서 있었다.

"여어, 로렌스 씨."

"……."

잘못 봤나 했는데, 역시 루워드다.

볼 때마다 더 무시무시해지는 웃음도 건재한 것이, 무슨 백일몽을 꾸고 있는 것만 같다.

"어… 아, 여기 서서 얘기하는 것도 좀 그러니, 일단 안으로 들어가시지요. 호로도 반가워할 겁니다."

루워드가 고개를 끄덕인 뒤 부하들을 돌아보며 안으로 들어가라는 신호를 준다.

그리고 루워드가 쥔 밧줄 끝에는, 역시 통통한 돼지가 있다.

"실은 편지를 보냈어야 하는데, 급해서."

가게 안으로 들어서며 루워드가 그런 소리를 했다.

루워드의 용병단은 규모는 그리 크지 않아도 바야흐로 북방 일대에서는 그 용감무쌍함을 모르는 이 없는 용병단이 되었다. 그간의 무공과 자자한 명성에 곳곳의 영주가 거금을 들여 제 영지로 불러들이려 한다.

그런 용병단장이 돼지를 끌고 부랴부랴 이곳을 찾아왔다.

영문을 모르겠다.

"이 시기엔 바쁘실 테니…"

하며 로렌스는 스스로도 잘 모를 맞장구를 쳤다.

"그렇긴 한데, 올해는 벌이는 좋지만 얄궂은 의뢰가 들어와서 말이오. 그 얘긴 찬찬히 하도록 하지. 그 문제도 있고 해서 오늘 여기 이렇게 온 것이니."

루워드가 그런 말을 한다.

그러고 보니 데려온 부하는 다섯 명뿐이고, 오른팔 격인 참모가 눈에 띄지 않는다.

"물론 선물이야 단단히 챙겨 왔지."

끌고 온 돼지가 선물이었나 보다. 여전히 호쾌한 태도에 로렌스는 지친 듯이 웃었다.

"호로 님은 물론이고, 우리 용병단의 공주님께서도 이거면 기꺼워하시겠지?"

그런 소리도 한다.

루워드가 이끄는 용병단의 이름은 뮤리 용병단. 뮤리는 호로의 동료로, 오래전 멀리 헤어진 호로에게 전하는 말을 어느 이에게 맡겼는데, 그 전언을 맡은 이가 세운 것이 바로 이 용병단이다.

그리고 딸아이의 이름도 그 뮤리에게서 땄다.

"우리 공주님은 훌쩍 자라셨나? 건방짐이 더 반짝반짝해진 건 아닌지?"

루워드가 즐겁게 묻는다. 왈가닥 뮤리는 모험담이 생활인 루워드를 참 좋아하고, 아무리 기겁할 장난을 쳐도 꿈쩍 않는, 최

강의 놀이 상대로 여긴다.

그리고 루워드도 그런 뮤리를 귀여워하는데, 지금의 로렌스에게는 가슴이 답답한 일이 있었다.

"그게…."

딸아이 뮤리는 가게 일을 도와주던 청년 콜과 여행을 떠나고 없음을 전했다.

그 말을 들은 루워드는 손에서 고삐를 놓치고도 몰랐다.

"뭐…? 그 둘이…."

"다, 단장님!"

비틀대는 루워드를 부하 둘이 부축한다.

루워드는 그런 부하들을 물린 뒤, 이마에 손을 얹고 하늘을 우러르며 눈을 감는다.

비로소 로렌스를 돌아본 때에는, 부대가 전멸하기 일보직전인 순간에도 보이지 않았을 듯한 표정을 짓고 있었다.

"아니, 로렌스 씨를 두고 이런 말을 하기는 좀 그렇지만."

가슴께를 누르고 있는 품이 마치 화살에라도 맞은 것 같다.

"딸을 시집보낸 기분이야…."

"사랑의 도피는 아닙니다."

로렌스의 즉답에 루워드의 눈이 동그래진다.

"그런가?"

"저는 그렇게 확신합니다."

로렌스의 완고한 말투에서 알아챈 모양이다.

미간을 찡그리며 웃더니 고집불통 온천장 주인의 어깨를 가볍게 토닥이고 얼싸안기까지 했다.

"한잔 해야겠군."

로렌스는 이제야 딸의 일을 공감해 주는 인물을 만났다.

뼈끝에는 기름이 뚝뚝 떨어지는 고기가 듬뿍 붙어 있다. 그 부분을 덥석 물어 기름이 턱을 타고 흐르는 것도 개의치 않고 뼈를 확 잡아 빼면 부드러운 고기가 쏙 빠진다. 씹으면 입안에서 녹아들고, 씹으면 씹을수록 맛이 난다.

그런 다음 뼈에 남은 고기와 노란 기름을 쭉 빨고, 마무리로 빙실에 두어 차게 한 맥주를 마신다.

"캬아… 죽인다…!"

꼬리털을 곤두세운 호로가 감격에 찬 음성으로 말했다.

"기꺼워하시는 것만으로도 참 다행입니다."

가게 안 식당에는 다른 손님들의 눈도 있고 하여 침실 벽난로를 이용한 술잔치가 벌어졌다.

한동안은 돼지기름 냄새가 가시지 않을 터라, 호로가 매일 더 배고파할 것 같아 로렌스는 조금 걱정이다.

"가능하면 따님에게도 먹여 주고 싶었는데."

그러면서 루워드는 지참한 쇠꼬챙이에 네모꼴로 자른 옆구리 살을 꽂아 나간다.

　그렇게 해야 속까지 구워져 맛있다면서.

　"그 멍청이한테는 아까운 좋은 고기야. 맛있었다는 편지만으로도 충분해."

　먹을 것에 관한 한 호로는 딸인 뮤리와 정색을 하고 다투는 면이 있다.

　그런데 로렌스는 그 말을 듣고 퍼뜩 깨달았다.

　"아, 그래. 편지…. 맛있는 고기가 있다고 하면 집으로 돌아오려나."

　그런 소리를 중얼거리자 루워드가 쓴웃음을 지었다.

　"똑같이 뮤리라는 이름을 쓰는 자로서, 콜이라면 뭐, 싶기도 한데."

　"포기를 모르는 이 멍청이한테 말 좀 더 해 줘."

　바삭하게 구운 돼지 귀를 뜯으며 호로가 말한다.

　"하지만 호로 님, 우리네 사내놈들은 현명해지질 못한답니다."

　호로는 어이가 없다는 투로 한숨을 쉬고는 돼지 내장 삶은 것에 손을 뻗는다.

　"그런데, 너희는 뭣 하러 온 게야? 선물로 돼지 한 마리는 아무리 나라도 송구한데."

　말은 저러면서 혼자 거의 다 해치울 기세다. 돼지를 잡으면서 세림과 한나의 몫을 따로 떼어 놓길 잘 했다.

　로렌스가 그런 생각을 하고 있자, 용감무쌍한 루워드가 몹시 머뭇대며 말문을 연다.

　"예에, 실은 그것이…."

　하고는 허리춤, 검 꽂는 언저리에서 자그마한 주머니를 꺼냈다.

　"따님께 받은 부적입니다만."

　서툴기 짝이 없는 바느질에, 빈말이라도 곱다고 할 수 없는 쌈지였다.

　맥주를 마시던 호로가 코를 쿵쿵대더니 이내 눈살을 찌푸렸다.

　"그 멍청이가 왜 그런 걸 줬어?"

　그 말에 로렌스는 뮤리가 만든 쌈지임을 알았다.

　"예에, 이 마을에서 함께 사냥을 갔을 때, 늑대의 습격을 받은 이야기를 했더니 꼭 가져가라면서."

　"……."

　호로는 기가 막힌다는 표정이다.

　"안에 든 것은 뭡니까?"

　로렌스의 물음에 루워드는 몹시 난처한 표정을 지었다.

　"안에 든 건, 따님의 꼬리털."

　"꼬리털?"

　"음… 거듭 사양했는데, 짐 속에 몇 개 숨겨 놓았더군. 버릴 수도 없는 노릇이라 결국 가지고 다니기는 했는데….”

뮤리 용병단의 심벌은 늑대이고, 창단에 호로의 옛 동료가 관련되어 있기는 해도, 루워드 측이 호로의 막강한 힘에 의존하는 일은 없다. 그것이 일종의 자부심이자 호로에 대한 존경심이기도 하다.

경위가 그러하니, 불가항력이긴 해도 호로의 딸인 뮤리의 힘을 빌린 것이 고민될 수도 있겠지.

하지만 그 때문에 굳이 돼지까지 끌고 온천장에 찾아온 건 좀 이상하다.

로렌스가 이런저런 추측을 하고 있자, 호로가 무슨 신호처럼 바닥에 술잔을 탁 내려놓았다.

“그걸 걸고 늑대 퇴치를 하고 있자니, 성가신 일이 일어났지?”

다 익었다 싶은 꼬치에 손을 뻗으며 호로는 그렇게 말했다.

성가신 일? 하고 로렌스가 호로에게 시선을 주자 루워드가 대답했다.

“예에… 말씀하신 대로입니다. 처음에는 어느 숲을 지나도 늑대와 괜한 싸움에 휘말리지 않게 되어 큰 도움이 되었습니다만.”

루워드는 부하에게서 술통을 받아 호로 앞에 놓인 잔에 술을 부었다. 신변 경호를 맡을 정도이니 믿는 부하들이리라. 그들은 호로의 귀와 꼬리를 보고도 안색 하나 변하지 않았다.

“최근에, 일을 맡은 곳에서 묘한 일이 일어나서요.”

"흥."

어디 얘기해 보라는 투로 호로가 꼬리를 슬렁 움직였다.

털이 날렸지만 물론 루워드는 눈을 가늘게 뜨는 법도 없다.

"저희는 요즘 어느 영주의 경호를 맡고 있는데, 영지 내 숲을 돌아다니는 늑대를 견제해 달라는 부탁을 받았습니다."

"견제."

호로가 짓궂은 웃음을 지으며 단어를 반복한다.

로렌스는 루워드의 입장을 배려해 호로를 보며 헛기침을 했다.

"농담이야. 어차피 너희가 있는 곳엔 늑대가 피해 가더라는 소문이 퍼졌을 테고, 그걸 들은 놈이 너희를 잘 구슬려 늑대 퇴치에 내몰았겠지?"

루워드가 잠자코 머리를 숙이는 것으로 보아, 정답인가 보다.

"바로 그겁니다…."

"그런데 왜? 우리 집 멍청이의 털이 있으면 웬만한 늑대는 다 가오려 들지도 않을 텐데? 그게 아니면, 혹시 우리 권속이 나타났나?"

호로처럼 인간의 말을 이해하고 장수를 누리는 존재가, 흔치는 않아도 분명히 있다.

개중에는 늑대도 있으니, 세림이 그 좋은 예다. 그리고 그들은 대개 강력한 존재다.

그렇다면 사태를 수습하기 위해 호로가 나서는 수밖에 없으니, 돼지를 공물로 바친 것도 이해할 만하다. 문제는 호로가 이른바 동료라 할 늑대에게 적의를 드러내야 한다는 점이다.

한순간 긴장이 일었는데, 루워드가 맥없이 고개를 가로저었다.

"그게 아니라…."

"어… 음?"

방금 최악의 가능성을 짚었던 호로는 안심한 듯 맥이 빠진 듯 난감한 표정으로 로렌스를 쳐다보았다.

로렌스도 그것 말고는 짚이는 바가 없었기에 뜻밖이었다.

"루워드 단장님, 아무래도 저희 딸아이 때문에 문제에 휘말리신 듯한데, 그렇다면 저희가 책임을 지는 것이 부모의 도리입니다. 말씀해 주십시오."

그렇게 청하자 루워드는 고해를 하러 온 신도 같은 얼굴을 하고 로렌스를 보았다.

"배려에 감사하오. 진짜… 진짜 이건 우리가 부덕한 소치인데… 우리로서는 해결 불가능한 일이라서."

그러더니 루워드는 자신의 주먹을 덥석 물기라도 할 듯이 입에 대었다가 결심한 듯 고개를 들고 이렇게 말했다.

"실은, 그 반대입니다."

"…반대?"

호로의 꼬리가 오른쪽에서 왼쪽으로 탁 움직인다.

"예. 숲을 어슬렁대는 강력한 늑대 떼를 처리해 달라는 것이 우리를 고용한 영주의 말이었습니다. 원래는 영지전을 위해 고용되었지만, 이미 계약을 맺은 이상 주춤대는 모습을 보였다가는 우리 용병단의 명예에 문제가 됩니다. 하는 수 없이 의뢰를 받아들여 숲으로 늑대를 견제하러 갔습니다. 그리고 늘 그렇듯 따님의 쌈지 덕에 효과는 즉각적이었습니다. 그런데 한 달쯤 전부터."

루워드가 한숨을 푹 쉬었다.

"늑대 우두머리의 마음에 홀딱 들었나 봅니다."

무슨 이런 황당무계한 소리를 하고 있나, 하는 심정이 찡그린 루워드의 얼굴에서 생생히 드러났다.

"착각이라 믿고 싶지만, 그렇게만 보입니다. 처음에는 우리를 강한 적으로 간주하고 멀리서 따라오는 줄 알았는데, 어느 날 숙소로 삼은 여인숙 앞에 사슴이 놓여 있어서."

용병단장은 이마에 밴 땀을 닦았다.

"옛날에는 부족 간에 싸움이 벌어지면 적의 집 앞에 짐승 시체를 갖다 놓아 위협하거나 주술적인 장난을 치기도 했지만…."

그러고는 살피는 눈으로 호로를 본다.

"우린 그런 짓 안 해."

대답을 하면서도 호로의 얼굴이 묘하게 진지하다.

로렌스는 호로의 꼬리 끝이 부들부들 떨리는 것을 보고 호로가 웃음을 참고 있음을 알았다.

　"게다가 몇 번은 사슴이 놓여 있더니 그다음엔 여우며 토끼, 오소리, 큼지막한 잉어, 칠성장어까지 놓여 있고… 급기야는 커다란 벌집까지 놓여 있으니, 이건 적의에서 하는 짓은 아니다 싶어서."

　호로는 술 마시는 척을 하며 표정을 감추려 안간힘을 쓰고 있다. 바르르 떨리는 꼬리가 다 죽어 가는 뱀 같다.

　"그래서 어느 날 결심을 하고 그 늑대와 마주했습니다. 참으로 훌륭한 무리를 이끄는 수컷이더군요…."

　루워드는 두통을 참듯 이마에 손을 얹고 있었다. 무슨 일이 벌어졌고 어떤 상황이었는지는 로렌스도 굳이 묻지 않고 넘어갔다.

　뮤리의 냄새에 끌려 홀딱 반해서는 바지런히 공물을 갖다 바친 수컷 늑대.

　눈앞의 루워드에게 부상은 없어 보이니 이빨이나 발톱을 겨누지는 않았겠으나, 희롱대며 장난을 치는 것만으로도 혼비백산이었겠지.

　"적의를 보이지 않는 상대에게 검을 겨누는 것은 무인의 불명예. 하지만 상대는 인간과 양립할 수 없는 늑대… 아니, 호로 님과 로렌스 씨는 별개이지만."

"개의치 마시고. 그래서요?"

로렌스가 재촉하자 루워드는 숨을 크게 들이마시고 말을 이었다.

"해를 끼치지 않아도 우리 주변에 늑대 떼가 있으면 그건 그것대로 난감합니다. 무슨 요상한 주술을 부리는 게 아닌지 의심을 살 테고, 우리야 같은 무리로 본다 해도 다른 사람들한테는 그렇지 않으니까요, 하여….."

하고 루워드는 말했다.

"가능하시면, 호로 님께서 그 늑대의 오해를 풀어 주십사 하고."

호로는 그제야, 마침내 웃음이 터져 버렸다.

"큭큭큭… 미안. 너희에겐 큰 문제일 테지…. 하지만… 푸훗. 아하하하하."

호로는 전에 없이 박장대소하며 뒤집어질 지경이다.

한바탕 웃더니, 풀 죽은 루워드에게 몸을 기울여 손에 쥔 뮤리의 쌈지를 집어 들었다.

"하여간. 우리 멍청이는 아직 한참 어리다니까."

코를 대고 킁킁 냄새를 맡은 후 쌈지를 로렌스의 무릎 위에 던진다.

"하지만 칠칠치 못한 딸아이의 처신을 그냥 넘어갈 수는 없지. 너희를 고생시켰다가는 너희에게 발톱을 맡긴 뮤리도 나를 만만히 볼 테니."

고개를 든 루워드는 교수형을 받기 직전에 살아난 죄인처럼 보이기까지 했다.

"그러시면."

"음. 그 딱한 늑대에게 사정을 설명해 주어야지."

"고맙습니다. 지금쯤 참모인 모이지가 쌈지 하나를 장착하고 수컷 늑대를 열심히 달래고 있을 겁니다."

모이지는 루워드의 아버지 대부터 참모를 맡아 온, 훌륭한 체구의 곰 같은 인물이다.

그런 모이지가 커다란 늑대의 재롱에 곤혹스러워하는 장면을 상상하자, 로렌스는 안됐다 싶으면서도 조금 재미있었다.

"허나."

하고 호로가 말했다.

"나는 못 가."

"호로."

로렌스가 끼어들자 호로가 묘하게 강한 눈빛으로 로렌스를 노려본다.

압도되어 입을 꾹 다물자 만족스레 꼬리를 흔들고 이렇게 말했다.

"대신 우리 집의 젊은 것을 보내지."

"젊은… 것?"

"세림을?"

로렌스의 물음에 호로가 마뜩잖은 듯이 입술을 삐죽였다.

그리고 로렌스가 아닌 루워드에게 설명했다.

"우리가 얼마 전 권속을 일손으로 들였거든. 세림이라는, 꽤 괜찮은 늑대야. 보기엔 그래도 일은 잘 할 게야."

"그렇다면 다행입니다. 하지만….."

루워드가 로렌스를 힐끗 봤다가 호로를 본다. 로렌스와 호로 사이의 묘한 분위기를 알아챘나 보다.

"난 이 가게에 있어야 해. 심부름은 신참이 할 일이지. 안 그래?"

물론 그 말을 들은 루워드는 긍정하는 수밖에 없다.

"옳으신 말씀입니다만….."

"그럼 그렇게 하기로 결정."

호로는 그렇게 말한 뒤 고기에 손을 뻗는다.

입을 크게 벌려 고기를 뜯으려다가, 얼이 빠져 있는 남자 둘을 힐끗 보았다.

"난 현랑 호로야. 이 판결에 무슨 불만 있나?"

루워드는 당치 않다는 투로 고개를 가로젓고, 로렌스는 의문을 품은 채 한숨을 쉬었다.

세림은 기묘한 역할을 떠맡고도 싫은 내색 하나 없이 받아들였다.

　루워드 일행의 걸음에 맞췄다가는 왕복하는 시간이 크게 지체되기에, 해당 지역의 이름을 알리고 지도를 쥐여 주어 루워드가 온 그날 밤에 바로 출발시켰다. 가는 데 이틀, 오는 데 이틀, 나흘쯤 자리를 비울 예정이다.

　편도로만 닷새가 걸린 루워드 일행은, 튼튼한 다리를 솔직하게 부러워했다.

　이튿날에는 루워드 일행도 떠났다. 바쁘기 그지없는 재회였으나 언제 무슨 일이 있을지 알 수 없는 용병 일이 생업인 그들과 만날 수 있어서 로렌스도 즐거웠다.

　한편, 이로써 가게의 일손이 자신과 한나 단둘이 된 로렌스는 손님들에게 사정을 설명하는 수밖에 없었다. 세림은 급한 일로 외출했고 호로는 몸이 좋지 않아 누워 있다. 죄송하지만 여러모로 미흡한 부분이 있을 듯하다, 라고.

　다행히 손님 대다수가 오랜 단골이라 밥과 술만 있으면 그냥 내버려 둬도 된다고 하니, 어떻게든 돌아가긴 할 것 같다.

　한숨을 지으며 루워드를 배웅한 뒤 일단 침실로 돌아가자, 창가에서 루워드를 지켜본 모양인 호로가 로렌스에게 비난 어린 눈길을 보내왔다.

　"그러게 내가 뭐랬어?"

한순간 무슨 소리인가 했는데, 책상 위에 수북한 빗과 함께 뮤리가 만든 부적이 놓여 있는 것을 보고 알았다.

"이게 네가 말한 재앙이야?"

해마다 빠지는 꼬리털을 늑대 퇴치용이나 곰 퇴치용으로 쓰면 안 되겠느냐는 생각에 대한 대답이 그것이었다.

호로는 창틀에 턱을 괴고는 귀찮은 표정을 짓는다.

"난 현랑 호로야. 이 현명함도, 이 미모도 이 땅에선 유례가 없다고. 그런 내 털을 조금씩 나눠 담은 부적을 들고 여기를 떠나서 가는 곳곳마다 수컷 늑대들을 혼란스럽게 해 봐."

에이, 무슨 과장을, 싶지만 실제로 뮤리의 털이 그랬다.

"어쩌면, 흥분한 수컷 늑대 놈들이 냄새를 따라 이 가게로 올지도 모른다고."

공주 한 사람을 둘러싸고 일제히 무릎을 꿇는 기사 이야기는, 지어낸 것이기는 해도 허구는 아니다.

"그런데 가게 앞에 와 보니, 영 신통찮은 덜떨어진 양 같은 것이 가련한 현랑을 부려 먹고 있어. 수컷 놈들이 어떻게 하겠어? 숲의 규율은 센 놈이 정의라고."

누가 누구를 부려 먹고 있는지 따지고 싶지만, 상황은 상상이 간다.

이 여관 주위에 늑대가 어슬렁거리기만 해도 치명상이다.

"확실히… 재앙이긴 하네."

로렌스가 말하자 호로는 어이가 없다는 투로 코웃음을 쳤다.

"하지만 말야."

하고 로렌스는 말을 이었다.

"세림이 아니라 네가 갔어야 하는 거 아냐?"

이번 일은 뮤리가 원인이고. 무엇보다 귀와 꼬리를 감출 수 있는 세림은 호로와 달리 가게를 위해 일을 한다.

그러자 호로는 진심으로 넌더리가 난 얼굴을 하고는 한숨을 푹 쉬었다.

"멍청이."

이어서, 머쓱해하는 로렌스를 보더니 귀찮은 투로 일어나 다가온다.

로렌스가 얼결에 방어 자세를 취하자, 호로는 쓰러지듯 로렌스의 가슴에 안겼다가 그대로 뒤편 침대로 쓰러뜨렸다.

"어, 어엇?!"

화난 것치고는 이상하다 싶어 로렌스가 당황하자, 호로가 등에 두른 팔에 힘을 주고는 이렇게 말했다.

"이 계절에는 이놈이고 저놈이고 금세 반하기 십상이란 말이야. 당신이랑 그 계집애를 한 지붕 밑에 둘 순 없어."

"뭐어?"

그런 일이 있을 리 없지 않느냐고 말을 하려다가 손톱에 등을 찔렸다.

"아무 생각 없이 빗을 선물하려 드는 멍청이가, 뭐가 어째?"

그제야 로렌스는 빗을 나눠 주려다가 호로에게 혼이 난 이유를 비로소 깨달았다. 그런 속셈이 있을 턱이 없고, 세림도 착각할 리 없다고 응수하려다 말았다. 내가 어찌 생각하느냐가 아니라 호로가 어찌 생각하느냐의 문제이니까.

뮤리가 집을 떠난 뒤로 이제는 별일 없겠지 싶던 온천장의 생활에도 뜻밖의 파란이 있었다.

그래서 호로도 불안해서… 그럴 리가.

호로는 호로대로 오랜만에 어머니 행세를 할 필요가 없어졌기에 고집도 부려 보고 토라지기도 하고, 내키는 대로 행동하고 싶은 거겠지.

원래 뮤리보다 훨씬 공주님 기질인 호로다.

"빗 건은 사과할게. 배려가 모자랐어."

당연하지, 하고 로렌스의 가슴에 얼굴을 붙인 채 호로가 코맹맹이 소리로 대답한다.

"하지만 부적 건은 그리 나쁠 것 같지 않은데?"

호로의 귀가 핑 튄다.

고개를 들어 쳐다보기에 웃음으로 대답해 주었다.

"네 냄새에 이끌려 모여든 수컷 늑대 놈들을 내가 멋지게 격퇴하는 모습, 보고 싶지 않아?"

호로의 눈이 동그래지더니 뾰족니를 드러내며 웃는다.

"여행 다닐 때는 늑대 울음 하나에도 벌벌 떤 주제에."

"그러니까."

"어?"

"널 위해서라면 암만 무서운 상대라도 용기를 쥐어짤 수 있어."

돌풍이 얼굴을 쓸고 간 듯이 호로가 눈을 꼭 감고 귀를 파닥거린다.

그러다가 툭, 로렌스의 가슴 위에 뺨을 얹었다.

"당신은 말 하나는 진짜 잘 해."

"그럼 말뿐이 아니라는 걸 증명해도 돼?"

호로의 귀가 핑 솟고, 몸을 꼼지락댄다. 방에 혼자 있는 게 외로워서 그런지, 아니면 호로 말마따나 이 시기엔 다들 반하기 쉬워서 그런지 어리광이 심하다.

하지만 제 입으로는 섣불리 말하지 않는 호로가 기대하듯 쳐다본다.

눈이 마주친 로렌스는 미소를 지어 보이고, 이어서 그런 호로의 허를 찔러 몸 위에서 홱 치웠다.

어린애처럼 훌러덩 옆으로 구른 호로를 두고 자신은 재빨리 몸을 일으켰다.

얼이 빠진 호로가 로렌스를 멍하니 쳐다본다.

"내가 무서운 건 가게의 적자야. 맞서 싸워야지?"

당했다는 걸 깨달은 호로가 드물게 얼굴이 새빨개져서는 보릿겨를 넣은 베개를 집어던졌다.

로렌스는 가뿐히 받아 침대 위에 곱게 내려놓았다.

"그럼 나는 일을 하러 갈 테니, 얌전히 있어."

분해서 그런지 침대 위에 몸을 웅크리고 있던 호로가 꼬리를 빵빵하게 부풀리며 이렇게 말했다.

"멍청이!"

별일 없이 흔한 온천장의 하루였다.

늑대와 흰 사냥개

동 료가 산길에서 실족한 때부터 신의 시련은 시작되었으리라. 다행히 당시에는 큰 문제 없었으나, 때마침 내린 장마로 곳곳에서 벼랑이 무너지는 바람에 깊숙한 산중에서 오도 가도 못 하게 되었다.

인근 마을에서 고용한 마부는 한동안은 씩씩하더니 달밤에 늑대 우는 소리가 들린 즈음부터 기색이 이상해졌다. 그러다 어느 날 점심 무렵, 먹거리에 보태겠다며 버섯을 따러 간 뒤로 행방을 감췄다.

우리는 늑대 울음이 빈번히 들리는 깊은 산중에 버려졌다.

다행히 길을 벗어난 것은 아니었기에 어쨌든 앞으로 나아가면 어떻게든 된다. 신의 이름을 외우며 가호하심을 믿고 진창을 걷고 또 걸었다.

하지만 식량이 바닥을 드러내기 시작할 즈음에도 울창한 수풀 너머로 빛은 보이지 않았다. 비가 퍼붓는 와중에 거목 밑, 벼랑 밑에 천막을 치길 수차례, 눈도 잠시 붙이지 못한 채 이끼에 물 떨어지는 광경을 바라보았다.

여기까지인지도 모른다는 생각이 든 것은, 장마가 사흘째 이어졌을 때였다.

기침하는 이가 많은 것은 천막 밑이 버섯 모판이나 다름없어서다. 기름을 잘 먹인 생가죽 외투조차 물을 빨아들여 늘어지고 곰팡이가 후드득 피었다. 우리도 이 외투처럼 이 숲속에서 먼지로 돌아갈지 모른다.

물론 신의 이름하에 일해 왔으니 죽는 것은 두렵지 않다. 주어진 자신의 사명을 제대로 수행해 왔다고 자부한다.

더욱이, 마지막 조사가 저 유명한 온천향 뇨히라였으니 나쁘지 않다.

뇨히라는 일찍이 전란의 폭풍이 몰아치던 시대에도 단 한 차례도 전화에 휩싸이지 않은 곳이자 웃음과 음악이 끊이지 않는다는 평판에 걸맞게 번화했다. 그런 분위기에 술이라도 들어갔다 치면, 아닌 게 아니라 온천 김과 어우러져 철천지원수가 코앞에 있다 한들 모르리라.

하지만 그렇기에 불순분자가 도망쳐 들기에는 안성맞춤인 곳이라고도 할 수 있다.

뇨히라에는 매년 온천 치료차 고위 성직자들이 남쪽에서 줄지어 찾아든다. 그들 같은 위대한 신의 종복들을 노리고, 사악한 의도를 감춘 누군가가 온천탕에 이단 사상을 은밀히 풀어놓았을지도 모를 일이다.

우리는 교황청의 명을 받아 십 몇 년 만에 뇨히라를 방문했다.

그곳의 번영은 여전하여, 방탕과 열락의 낙원이었다.

명예로운 대주교가 무희를 헬렐레 쫓아다니는 광경은 희한할 것도 없다. 아침부터 술, 점심에도 술, 저녁에도 술을 마셔 대다가 다음 날 동틀 무렵에나 잠드는 자들도 있었다. 그들의 품위 없는 모습에 어처구니가 없었지만, 우리의 사명은 이단을 적발하는 것이지 타락을 감시하는 것은 아니니 상관하지 않았다. 그렇다. 우리는 이단 심문관이니까.

우리가 그곳에 간 것은 가을도 깊어진 무렵이었고, 겨우내 머물렀다. 동료들은 마을 온천장으로 흩어져, 그곳의 온천탕에서 식당에서 신을 모독하는 자가 무슨 꿍꿍이를 도모하고 있지는 않은지 눈에 불을 밝혔다.

내가 배정된 곳은 십 몇 년 전에 왔을 때는 없던 온천장이었다.

산간이나 외딴 섬의 마을은 변화를 싫어한다. 뇨히라도 예외는 아니다. 표면적으로야 온천만 파면 누구나 가게를 차릴 수 있다고들 하지만, 눈에 띄는 곳은 진작 파헤쳐진 상태다. 사실상 그런 규칙은 기득권의 이익을 보호하기 위한 장벽이다.

이미 오래도록 새 온천장은 생기지 않았기에 마을에 새로운 여관이 있다는 말을 들었을 때는 놀랐다. 설상가상, 꽤 성업 중이란다.

마법으로 온천을 파서 고객을 끌어들이고 있다는 소문도 사전 조사로 확인했다. 성공한 신참에게는 반드시 뒤따르는 평판이기에 곧이곧대로 받아들이지는 않았으나, 어쨌든 뇨히라이니까.

해당 온천장의 조사 담당으로는 불초한 내가 뽑혔다. 신의 이름하에 진실을 밝혀내겠노라 다짐했다. 하지만 그곳에서 머무는 동안 본 것 들은 것에 내 마음은 심히 번뇌했다.

왜냐하면 그곳은 언뜻 반듯해 보이는데, 만약 정말로 반듯하다면 어떻게 그리 번창할 수 있는지가 수수께끼였기 때문이다.

게다가 그 여관은 몹시 깊은 산중에 자리해, 뇨히라의 변두리 중의 변두리라 해도 과언이 아니다. 씀씀이 좋은 손님일수록 선호할 위치인 한편, 온천을 파내기 매우 힘든 곳이었다.

마법으로 파냈다는 소문이 영 거짓은 아닐지도 모른다.

그뿐 아니라, 손님들의 구성도 묘했다.

누구의 소개로 여기에 왔는지 탕에서 물으니 하나같이 거론하는 것은 도처의 권력자, 유력자들이었다. 다들 이 온천장의 주인장이 행상을 하던 시절에 알게 된 사이란다.

더 조사하니, 이 여관은 북방 일대를 빠른 기세로 장악한 대상회인 데바우 상회와도 연줄이 탄탄하다고 한다.

일개 행상인에게 그게 가능한가?

사람의 마음을 현혹하는 마법사인 건 아닌가? 또는, 어느 대국이 몰래 잠입시킨 밀정인 것은? 무엇이 됐든, 신의 집에 해를 끼치는 자라면 교황청에 보고를 올려야 한다.

그런 생각에 여관을 주의 깊게 살펴보았으나 여전히 알 수가 없었다.

대체 이 온천장에 무슨 특별한 점이 있어 사람이 모여드는지.

요주의 감시 대상으로 교황청에 보고하기야 쉽지만, 혹시라도 선량한 신의 어린양을 화형대에 보내는 일이 있어서는 안 된다. 그렇기에 교황청으로 돌아가는 긴 여정 내내 어떻게 결론을 내려야 할지 고심하고 있었다.

어차피 시간은 얼마든지 있다.

지치지도 않고 하염없이 내리는 비에 이끼가 젖어드는 것을 바라보며 그 여관에 대한 것을 생각하기로 한다.

그 온천장의 이름은 '늑대와 향신료'였다.

물길을 타고 강 상류로 올라가든, 육로로 걸어서 올라가든, 맨 처음 와 닿는 것은 그 냄새다.

독특한 유황 냄새가 눈에 보일 듯 짙다.

그리고 냄새에 코가 익숙해질 즈음이 되면 나무들 너머로 온천의 김이 보인다.

거기까지 이르면 바람 방향에 따라서는 악사가 연주하는 쾌활한 음색이 희미하게 들려온다.

길을 나아가다 제일 먼저 눈에 들어오는 것은 임대 마구간이다. 굵은 다리에 털 짧은 말이 흔한데, 오가는 행인을 겁도 없이 쳐다본다. 익숙한 체형의 말도 많이 매여 있는데, 저것들은 체류객들이 데려온 것이리라.

마구간 앞쪽에는 공방처럼 보이기도 하는 폭이 넓은 건물이 있는데, 온천장 소개소다. 폭이 넓은 것은 눈이 많이 오는 계절에 큰 짐을 가져온 손님을 안에 들이기 위해서라고 한다. 뇨히라로 일하러 온 악사, 곡예사들도 여기에서 일자리를 알선받는지, 여럿이 모여 머리를 매만지는 키 큰 여자들, 물구나무를 선 채 돌아다니는 날렵한 남자, 곡예를 부리는 새끼 곰에게 먹이를 주는 이도 있다. 신이시여, 굽어 살피소서.

거기에서 더 들어가면 어느 여관마을에나 있는, 여행 물품을 취급하는 가게들이 총총히 늘어서 있고, 이윽고 마을 광장이 나온다. 광장은 마을을 끼고 흐르는 강의 선착장과 연계해 꽤 번화했다.

선착장에 내리는 것은 물론 손님만이 아니다. 온천 치료차 온 온천객이 많으면 그만한 인원을 대접할 물자가 대량 필요하다. 마치 전쟁 전야처럼 북적이는 하역장에는 우러러봐야 할 만큼 높다랗게 짐이 쌓여 있다.

또한 그 옆에는 불을 피운 철제 바구니에 무수한 쇠막대가 꽂혀 있었다.

저게 뭔가 하여 지켜보자, 마을 관리로 보이는 이들이 짐 점검을 마치자 쇠막대를 불에서 뽑아 갖다 댄다.

행선지를 헷갈리지 않게끔 낙인을 찍는가 보다.

짐을 찾으러 온 이들은 각 온천장의 심부름꾼일 텐데, 어른도 있고 아이도 있고, 수염 색깔, 눈 색깔, 생김새도 들쭉날쭉하다.
비수기와 성수기의 차이가 극심한 업종이니 타관에서 돈벌이를
온 이들이 많으리라.

온천장의 이름을 착각하는 이도 많을 테고, 애초에 말이 통하
기나 할지 의심스럽다.

낙인은 합리적인 방법이라 생각됐다.

하지만 저렇게 하는데도 분쟁은 나는지, 뭔가 큰 소리로 호통
치는 이가 있다.

차림새로 보아 이곳 사람일 텐데, 쌓인 나무상자 앞에서 머리
를 벅벅 긁어 댄다.

분쟁 내용은 잘 알아들을 수 없었으나, 내 업무와는 별 관련
없어 보이기에 깊이 들어가지는 않았다.

광장을 벗어나도 떠들썩함은 별로 가라앉지 않는다.

곳곳에 식당, 여인숙이 있고, 대낮부터 수많은 이들이 먹고 마
시고들 있다.

시벽(市壁)으로 둘러싸인 도시였더라면 무절제한 분위기로 빠
질 것 같은데, 그런 느낌도 없다. 떠드는 이들이 다들 온천 치료
차 온 주인을 따라온 자들이기 때문이리라. 시종들은 온천장에
묵는 게 아니라 아무나 들어갈 수 있는 마을 온천에 몸을 담그고
여인숙에서 뒤섞여 잔다.

좌우간 인원수가 많기에 식당은 길가에도 탁자를 내어놓았고,

벽도 지붕도 없는 탕에서 온천욕을 하는 자들이 벌거벗고 길을 건너 술을 사러 온다.

길 한구석에 뭉쳐 있는 것은 필시 어느 대주교나 수도원장을 따라 뇨히라에 처음 온 신참 수도사들이리라.

수도복 형식이 제각각이니 서로 아는 사이는 아니겠으나, 이 혼돈의 와중에 유일하게 말이 통하는 상대라는 생각에 뭉쳐 있는가 보다. 저런 모습이 그야말로 신의 어린양 그 자체다.

내가 그들 앞을 지나려는 찰나, 반라의 미녀 무희가 말을 걸자 눈 둘 곳을 몰라 한다. 저들이 유혹에 이기기를 기도하며 그 앞을 통과했다.

마을 안으로 향하자 차츰 인적이 줄어들고 큰 건물이 늘어난다. 입구에 큼지막한 문장기가 나부끼는 곳은 귀족이 통째로 빌려 묵고 있으리라.

산의 경사면이 느껴질 만큼 마을 안으로 더 들어가자 이제 여관끼리는 나무 울타리에 가려 보이지 않는다. 선착장의 소음도 이따금 들리는 작은 새의 지저귐으로 바뀐다.

소음에서 멀어질수록 온천탕의 효과가 올라가고, 품격 높은 온천장으로 여겨진단다.

온천은 파기도 힘들지만 그 후에 건물을 세우기도 큰일이라, 그만한 자금력이 없이는 절대 개업을 이뤄 낼 수 없기 때문이다.

그렇다면 뇨히라 내에서도 숲속으로 깊숙이 들어가, 가파른 고개까지 올라야 비로소 다다를 수 있다는 그곳은 얼마나 많은 돈으로 유지되고 있을는지.

　건물 자체는 소박했는데, 뒤편에서 떠들썩한 분위기가 전해져 온다.

　여관 앞에는 선착장을 재현한 듯 갖가지 짐이 쌓여 있다.

　밀, 소금에 절인 고기와 생선은 바로 알겠다. 소시지도 터질세라 속이 꽉 찬 것이 말 그대로 나무상자 밖으로 넘쳐 난다. 줄줄이 늘어선 도기 항아리는 남쪽에서 흔히 보던 것으로, 내용물은 올리브유일 터. 필시 방종한 남방의 성직자, 귀족들의 요청일 텐데, 얼마만한 수고와 돈을 들여 운반했을지 생각하니 고개를 절레절레 흔들게 된다. 내용물을 알 수 없는 것도 용기가 번듯하니 이런저런 사치품, 고급품이리라.

　그리고 그런 짐들에도 전부 낙인이 찍혀 있다.

　그 문양은 멀리서도 이내 알아볼 수 있고, 여관 건물의 처마에도 달려 있다.

　포효하는 늑대의 문장.

　온천장 '늑대와 향신료'의 간판이다.

　"아~! 왜 숫자가 안 맞는 거야?!"

　하며 별안간 그늘 속에서 큰 소리가 났다 싶더니 불쑥 자그마한 머리가 튀어나왔다. 재에 은가루를 섞은 것처럼 신비한 머리

색깔을 가진 어린아이였다.

"오라버니! 이거 진짜 이상해!"

심부름꾼이 아니라 주인집 아이이리라. 손에 든 석판을 휘두르며 여관 입구에서 안에 대고 크게 소리를 지른다. 머리가 긴 것으로 보아 여자아이 같다. 다 큰 여자애가 조신하지 못하게 큰 소리라니, 하며 눈살을 찌푸릴 새도 없이 가까운 자루 안에서 뭔가를 집어 입에 넣는 게 보였다. 어지간한 말괄량이가 아닌가 보다.

"몇 번이나 셌는데 밀가루가 모자라! 그리고 이거, 호밀가루가 섞인 것 같아! 이래서 믿음이 안 간다고 했는데!"

아직 키는 작지만 눈썰미가 상당히 좋아 보여 감탄했다.

가루로 내고 나면 곡물은 구별이 잘 가지 않는다. 섞였으면 더더욱.

물로 반죽한 뒤에도 빵가게 직인이 아니고서는 끝까지 알아채지 못할 수도 있다.

그런 생각을 하고 있는데 다른 음성이 들렸다.

"웬 소란이냐. 시끄럽게."

안에서 나온 것은 소녀와 똑 닮은 다른 소녀였다.

머리에 느슨히 수건을 두르고 있으나 엿보이는 머리카락은 아마색이고 키도 살짝 더 크다.

쌍둥이 자매인가 싶은데, 아마색 머리인 쪽에게는 왠지 모를

묘한 박력이 있었다.

"곡물가루 숫자가 맞지 않고, 다른 게 섞여 있는 것 같아. 그런데 오라버니는?"

"콜이는 영감들이 불러서 탕에 갔다. 그런데 섞인 것이 있다고?"

은색 머리 소녀는 아마색 머리 소녀를 어려워하듯 길을 비켜섰다.

아마색 머리 소녀가 곡물가루 자루에 코를 가까이 댄다.

"흠. 섞인 것은 둘째 치고, 수가 부족하다면 선착장이 시끌벅적하겠군. 이 시기엔 어쩔 수 없지."

"가 보는 게 나을까?"

은색 머리 소녀가 묻자 아마색 머리 소녀가 상대의 머리를 딱 때렸다.

"멍청이. 놀러 나갈 생각이지."

"아, 아니야…."

"여관에 빈둥대는 사람 얼마든지 있잖아. 짐을 들려 보내면서 그 참에 살피고 오라 하면 돼."

"어~…. 그럼 따라가도 돼?"

은색 머리 소녀가 묻자 아마색 머리 소녀가 싸늘한 시선을 던진다.

은색 머리 소녀는 여우 앞에 놓인 흰 담비처럼 몸을 움츠렸다.

"그보다, 저건 뭐고?"

하며 대량의 물자 너머로 아마색 머리 소녀가 이쪽을 가리킨다.

그제야 알아본 모양이다.

"어? 누구지? 나는 모르는데?"

"하여간에 이 멍청이는…."

어이없어하는 말투에 은색 머리 소녀는 불복하는 듯했으나, 노려보는 시선에 오그라든다.

상하관계가 뚜렷한 것을 보면, 똑 닮았긴 했어도 나이 차 있는 자매일 수도 있겠다. 추정하는 바, 언니 쪽의 말투가 예스러운 것은 어디 먼 곳에서 이리로 시집을 와서 노인에게 말을 배우기라도 한 것인지.

하지만 그렇다 치면 은색 머리 소녀와 자매라는 추측이 어색하다. 자매가 나란히 시집을 오는 것은 드문 일이니.

직업상 논리에 맞지 않는 일엔 괜히 신경이 쓰인다.

그런 생각을 하고 있자, 짐 너머로 말을 걸어왔다.

"뉘신가? 탁발 온 것이면 때를 잘 맞췄는데. 탕 쪽에 가면 그쪽 양반들이 수두룩하니."

탁발이라는 발음이 살짝 어색한 게, 그 점만은 묘하게 귀여웠다. 알 수 없는 소녀다.

일단 자세를 바로 하고 말문을 열었다.

"저는 '글랜 샐가드'라고 합니다. 여기 체류하고 계신 바우하 수도원장님의 소개로 왔습니다. 한 겨울 신세 지겠노라는 말씀 이 들어갔을 줄 압니다만."

그렇게 전했는데도 상대의 반응은 별로다. 수상쩍어하는 시 선을 감추려고도 하지 않는다.

아마도 내 여행복 차림새 탓이겠지. 옷자락이 다 닳은 긴 옷 을 겹쳐 입고, 목에는 보존식량 및 노숙시의 벌레 퇴치를 겸해 마늘을 방울처럼 꿴 것을 목걸이 삼아 걸었다. 키만한 지팡이 는 오는 도중 주운 장대인데, 들개 퇴치, 진창의 깊이 재기, 빨 랫줄을 받치는 바지랑대 대용으로 대활약했다. 수염도 방한을 위해 안 깎은 지 오래다.

상태가 이러니 손가락은 손톱 새에서 주름 골에 이르기까지 때가 새카맣다.

거지로 본다 해도 어쩔 도리가 없다.

그나마 '탁발'이라 한 것은, 이렇게 추운 산중에서는 거지가 살 수 없어서일 것이다.

"흠… 뭐, 손님도 다양하니까."

"방이 없다면 저는 헛간이라도 상관없습니다."

"방은 괜찮은데, 굳이 말하자면… 다른 게 걱정이지."

"다른 것?"

되묻고 나서야 생각이 짚인다.

"아, 죄송합니다. 벼룩이나 이가 염려되시면 강에 가서 일단 몸을 씻고 오지요."

이곳은 어느 정도 부유한 자들이 모이는 온천장이다. 길가 여인숙과는 다르다.

"그것도 그거지만, 이쪽."

아마색 머리 소녀는 코를 킁킁대더니 빙그레 웃었다.

"웬일로 진짜인 모양이네. 차림새는 그러한데 냄새가 전혀 안 나. 고기와 술보다 콩과 물이 더 좋은 쪽이지? 여기는 황야의 암자가 아닌 것을?"

"아아, 그 말씀."

몇 달 만에 가볍게 웃었다.

"금욕은 자신을 다스리는 것이지 타인에게 콩과 물을 강요하는 구실이 아닙니다. 그리고 간만의 휴식은 신께서도 허락하시는 바이지요."

"그랬으면 좋겠군. 뮤리."

하고 아마색 머리 소녀가 부르자 은색 머리 소녀가 등을 딱 편다.

"저이를 탕으로 데려가고, 털 다듬는 칼과 비누를 가져다주어라. 짐 정리는 내가 할 테니."

"어우~ 약았어! 어머니, 아버지 몰래 혼자서만 군것질하려고 그러지?"

뮤리라 불린 소녀가 상대를 어머니라고 부른다.

설마 했으나, 듣고 보니 두 사람의 분위기가 자매라기보다 모녀 같다.

무시무시한 것은 어머니의 젊음.

"멍청이. 그런 짓을 왜 해."

"해. 분명히 할걸? 설탕 단지도 있잖아. 약았어! 나도 먹고 싶은데!"

그런 일로 옥신각신하니 역시 자매로도 보인다.

어찌 되었든 보기에 흐뭇하다.

온천장의 간판 아가씨로 둘 다 훌륭하리라.

"그럼 저는 어찌할까요?"

쓴웃음을 섞어 가며 묻자, 어머니가 딸의 머리를 딱 때리고, 딸은 마지못해 안내해 주었다.

악사의 연주에 맞춰 가희가 노래하고 무희가 춤을 춘다. 그들에게 넋을 놓은 자가 있는가 하면 포도주를 한 손에 든 채 잡담에 열을 올리거나… 아아, 신이시여. 카드놀이, 주사위놀이에 빠진 자도 있다.

저들도 오랜 여정을 거쳐 여기에 와서 그런지, 또는 제 나라로 돌아가면 빈민 구제, 편력 수도사 관리에 익숙한 탓인지 넝

마 꼴의 내가 욕탕에 나타났어도 누구 하나 아랑곳하지 않았다.

면도칼로 수염을 깎고, 단검으로 머리를 자르고, 비누로 몸을 씻는다. 도중에 바우하 수도원장이 나를 알아봤고, 그의 소개로 몇 사람과 재빨리 친해졌다.

원장 일행은 해 질 무렵까지 탕에 있을 예정인가 본데 나는 두루 둘러봐야 한다. 탕을 나서 여관에서 빌린 옷을 입고 본채로 돌아갔다. 옷은 아마포로 된 느슨한 것이고, 방한용으로 양털을 두툼히 넣은 상의도 있다.

하도 따스해서 머리에 열이 오를 것 같아 평소에 내가 입던 것을 찾으려고 여관 안을 돌아다니다가 아마색 머리를 한 소녀… 소녀라 불러도 될지 모르겠으나, 어쨌든 소녀를 발견할 수 있었다.

곁에는 장년의 남자가 있고, 몹시 친밀하게 서로 몸을 기울이고 있다.

정답게 있는데 방해하기도 무엇하여 말을 못 걸고 주저하자, 이내 소녀가 먼저 이쪽을 알아보았다.

"호오, 남자다운데?"

재미있다는 듯이 말하고는 깔깔 웃는다.

"덕분에 개운합니다."

인사하자 한바탕 웃은 후 곁에 선 남자에게 눈짓한다.

"아까 도착한 손님이야. 하도 꾀죄죄하기에 먼저 씻게 했어."

거침없는 말투가 소녀의 분위기와 아주 잘 어울린다.

하지만 곁에 선 남자는 곤혹스레 웃고는 소녀를 나무랐다.

"아내가 실례했습니다. 이 여관의 주인인 그래프트 로렌스입니다."

남자가 이름을 대고 다가와 손을 내민다. 아내라고 하니, 역시 은색 머리 소녀는 아마색 머리 소녀의 딸이다.

사색과 기도의 정숙함 속에 사는 여성들 가운데는 간혹 한없이 젊어 보이는 사람이 있긴 한데, 이건 개중에서도 진귀한 예다.

마법을 써서 번창하는 가게라는 소문이 떠오른다.

영원히 나이를 먹지 않는 마녀, 라는 말이 뇌리를 스친다.

"글랜 샐가드라고 합니다. 바우하 수도원장님의 소개로 왔습니다. 이곳이 세상 그 어디보다 신께서 계신 곳에 가깝다 하여."

"신께서 야단을 치시려고 가까이 계신 탓이 아니기를 기도하는 하루하루입니다."

주인인 로렌스인지가 그렇게 말하며 조용히 미소 지었다.

탕에서 여행의 때를 씻으며 온천객이 주고받는 대화를 통해 로렌스가 행상인 출신이라는 것은 파악했다. 설령 꼬리가 달렸다 해도 쉽게 잡힐 자는 아닌 듯하다고 직감했다.

"헌데, 제 짐과 옷은 어디 있는지요? 빌려주신 이것은 제게는 조금 과하게 따뜻한 듯하여."

"짐은 방에 옮겨 놨어. 옷은 빨았고. 그대로 방에 두었다가는 벌레 소굴이 될 것 같아서."

"야, 호로."

아내 이름이 호로인가 보다. 특이하지만, 어디에선가 들은 것도 같다.

이단 축제와 관련 있는 게 아니었던가, 하며 골똘히 생각하다가 주인의 시선을 느끼고 정신을 차린다.

"집사람이 실례했습니다. 입이 거칠어서."

"아, 아닙니다. 저야말로 차림이 그래서 실례했습니다. 저도 바우하 수도원장님께 종종 야단맞습니다. 저는 은자(隱者)는 아니고 그저 게으른 탓이니 부끄럽기 그지없습니다."

이단을 탐색하러 갔다가 되레 이단 혐의를 받은 적도 있다.

성전에서 칭송하는 덕목은 순종, 순결, 청빈이지, 더러워서 좋을 건 없다.

"그나저나, 그러시군요…. 옷을 빠셨다고 하니…."

"방에서 쉬시는 건 어떠십니까? 오랜 여행으로 피곤하진 않으신지요?"

"신경 써 주셔서 고맙습니다. 하지만 오히려 이곳에 오니 나잇값도 못 하고 가슴이 막 설렙니다. 따뜻한 옷을 빌려주셨으니 마을을 둘러보고 올까 합니다. 혹시 괜찮으시면 그러는 김에 선착장에도 가 보지요. 아까 보니, 운반된 짐에 무슨 문제가 있으신 듯하던데요."

주인인 로렌스가 조금 놀란 얼굴로 곁에 선 호로를 본다.

"뮤리가 법석을 떨었거든. 짐이 모자란다고. 곡물 숫자가 안
맞는대."

"그래? 으음…. 마을에 물건을 팔러 온 신흥 제분업자였는
데… 싼 게 뭐 어떻다더니…. 아, 하지만 손님께 그런 일을 시킬
수야."

"저는 타고나길 가만있지 못하는 성미라서 벽난로 앞에 앉아
있기보다는 떠들썩한 곳을 어슬렁댈 수 있는 쪽이 더 즐겁습니
다."

로렌스는 미안하게 이쪽을 보다가 생각을 고쳐먹었는지 웃음
을 지었다.

"그럼, 죄송하지만 부탁 좀 드려도 될까요? 실은 배달된 짐을
정리하느라 손이 비지 않아서요. 눈이라도 내리면 온갖 음식물
이 상할 터라."

"그리하겠습니다."

온천탕에는 손님이 가득했고, 복도 저편에서도 담소가 들려
온다.

벽난로도 있어서 손님이 유유자적하고 있으리라. 겨우내 투
숙하려면 상당한 돈이 드는데, 그만한 금액을 지불할 수 있는
손님이 많다는 뜻이다.

이곳에 운반된 짐에 관해 선착장에서 알아보면, 이 여관이 번 창하는 비밀도 알 수 있겠지.

혹시 마법을 쓰고 있다면, 뭔가 수상쩍은 짐을 들이고 있다는 소문 정도는 났을 터.

게다가 주인장의 아내, 호로의 젊음도 신경 쓰이는 부분이었 다.

"그럼, 바로 다녀오겠습니다."

신의 이름하에 그렇게 말한 뒤 미소 지었다.

산중 깊숙이 위치한 온천장에서 마을 중심부로 나가자, 과연 하계로 내려온 기분이다. 고귀한 자들은 이 느낌 때문에 거금을 들여 안쪽에 위치한 여관에 묵는 것이겠지.

시끌벅적한 거리를 보며 불온한 신의 적이 혹시 숨어 있지는 않은지 눈에 불을 밝히면서 선착장으로 가자, 아까보다 더 야단 법석이 나 있다.

"짐이 모자라!"

"아니, 내가 주문한 건 이게 아니었다고!"

"이게 대체 어떻게 된 거야!"

"에잇, 누가 배 좀 띄워서 아티프로 사람을 보내!"

차림새 좋은 사내들이 떠들고 있었다.

쌓인 짐은 하나같이 입구를 열어 내용물을 점검하는 중이다.

멀리서 본 바로는 전부 곡물가루인 듯하다.

"어떻게 이런 일이 있을 수 있나! 혹시 짐을 실을 때 잘못된 거 아냐?!"

한 사람이 뱃사공으로 보이는 이에게 시선을 돌린다. 뱃사람들은 미신을 잘 믿고 배짱이 두둑한 자들이 많지만, 있는 대로 화가 난 사람들이 한둘이 아니니 가만있는 수밖에 없는 모양이다.

"다, 당치도 않소! 내가 해마다 이 일을 해 오고 있는 거 잘 아시잖소?!"

"으윽… 그래, 그렇긴 해. 그렇긴 하지… 의심해서 미안하네."

모인 남자들은 다들 온천장의 주인 격인가 보다.

다투고 있는 내용도 추측이 갔다.

"실례합니다."

하고 말을 걸자 짜증스러운 눈길을 돌렸다.

"뭐요? 지금 한창 얘기 중이니 나중에 하시오."

내 차림새가 아무리 봐도 이곳에 체류 중인 외지인이라서인지 파리처럼 쫓으려 든다.

하지만 내게는 확실한 대의명분이 있다.

"온천장 '늑대와 향신료'의 주인인 로렌스 씨의 부탁을 받고 왔습니다. 곡물가루가 주문한 양보다 적은데, 혹시 이곳에 처져 있는 건 아닌지 여쭈어 달라고."

그렇게 설명하자 모인 이들이 하나같이 하늘을 우러렀다.

"젠장, 이로써 전원 다인가!"

아마도 마을 내 온천장 주인들이 모여 물품을 공동으로 산 것까지는 좋았는데, 못된 제분업자에게 걸린 모양이다.

"에에잇, 이러고 있어 봐야 해결이 나나! 말을 타고 가서 곡물 가루를 사 오겠어! 회합의 규정 따위 알 바 아냐!"

뚱뚱하게 살찐 중년 남자가 머리에 얹힌 모자를 벗어 꽉 움켜쥐며 소리친다.

그러자 다른 이들이 놀라서 말린다.

"아니, 모리스. 그건 옳지 않아. 마을의 규칙이잖나."

"그러게. 나도 머리가 깨질 것 같단 말일세!"

뇨히라는 산중 마을이고 이제부터 눈이 많이 내리는 겨울로 들어간다. 곡물은 모두 수입에 의존하리라. 한 여관의 돌출 행동을 용납했다가는 이내 사재기 경쟁이 일어나리란 예측이 간다. 특히, 마을 내부에 경쟁이 벌어진 것을 외부 상인이 냄새 맡았다가는 값을 높이려 들 게 뻔하다.

모리스도 그 점은 이미 아는 태도이나, 차림새가 특히 좋은 것으로 보아 마을 안에서도 고급 여관을 운영할 만한 자금력을 가졌으리라.

그렇게 생각하고 있자 모리스는 이런 주장까지 폈다.

"나는 짐이 좀 모자란다고 이러는 게 아니야! 물을 넣어 반죽
해 보니 밀가루인 줄 안 것이 전부 귀리였어! 그딴 것을 손님에
게 냈다가는 우린 끝장이라고!"

모리스는 모자를 움켜쥔 팔뚝을 휘저으며 소리쳤다.

빵 등급에도 여러 가지가 있어, 밀가루가 최상급, 거기에 호
밀을 섞은 것, 밤가루나 콩가루를 섞은 것이 있고, 호밀만으로
된 씁쓸한 검은 빵, 거기에 밤이나 콩가루를 더 섞은 것도 있다.
귀리빵은 그런 등급 중에서도 바닥 중의 바닥. 아니, 잘 부풀지
않기에 빵이라 할 수도 없다. 평소엔 죽을 끓여 먹거나 빈민 구
황에 쓰인다.

물자가 풍부한 곳에선 말 사료로나 주기도 하고.

"그렇더라도 규칙은 규칙이고…."

"아니, 나도 모리스가 물자를 구하러 사람을 보내겠다면 더불
어 보내고 싶으이."

"어허, 이 사람!"

"올해 수확은 이미 끝났을 터. 시간이 흐르면 흐를수록 좋은
곡물가루 가격은 치솟게 돼 있어. 얼른 사람을 보내지 않으면
손실만 불어난다고."

"하지만 회합도 하지 않고 그런 짓을 했다가는 다른 여관
이…."

"그럼 회합을 하면 되지. 이건 마을의 사건이야!"

"그래도 아티프의 잘 모르는 제분업자의 감언이설에 놀아난 건 우리니까… 마을 규칙을 어기려고 들면, 그럴 줄 알았다는 소리나 들을 거라고."

천국에 가장 가까운 온천향이라고 하건만, 이곳에서 온천을 제공하는 이들은 매우 현실적인 일에 골머리를 앓고 있다.

그게 우스운 한편, 건전하게도 느껴졌다.

그런 생각을 하고 있자 모리스라 불린 혈기 왕성한 남자가 이렇게 말했다.

"그럼 댁들은 곡물 대신 눈을 반죽해서 빵 가마에 넣을 작정이오?!"

성전에는 사람은 빵만으로는 살 수 없다고 나온다.

하지만 밀빵에 익숙한 손님은 귀리빵이나 죽에는 절대 입을 대지 않으리라.

온천장 주인들은 얼굴을 마주하고 체념의 한숨을 지었다.

"이보다 중차대한 일이 없으니… 창피를 무릅쓰고 긴급 회합을 요청하도록 합시다."

마음이 무거운 듯이 각자 고개를 끄덕이고는 일단 해산했다.

여관으로 돌아가 사태를 전하자, 로렌스 역시 두통이 이는 표정을 지었다.

마을 사람은 아니니 제분업자 이야기가 그 후로 어찌 되었는지 자세한 경과는 알 수 없다.

하지만 온천장 '늑대와 향신료'의 식탁 바구니 안에 늘 수북이 쌓인 맛있는 밀빵의 출처는 제대로 파악했다.

온천객들의 말에 따르면, 이곳 북방 일대를 지배하는 대상회인 데바우 상회의 연줄을 활용했을 것이라는 데에 의견이 일치했다. 설령 대흉년이 든다 해도 이 온천장에서 만큼은 달고 부드러운 밀빵을 먹을 수 있을 거라며 다들 웃었다.

그래서 데바우 상회의 식구라도 되나 했는데, 행상인이던 시절, 위기에 처한 데바우 상회를 구하는 데에 크게 활약했다는 이야기를 들었다.

그렇다면 빵뿐 아니라 다른 문제에서도 답을 얻을 수 있지 않을까 했다. 요컨대, 광산 지배로 유명한 데바우 상회의 힘을 빌렸다 치면, 이곳에서 새로운 온천 수맥을 발견하고 온천장을 차릴 만한 자금도 융통할 수 있었을 것이라고.

하지만 그렇더라도 이 여관에는 기묘한 점이 남아 있다. 체류하며 마을 전체를 돌아보면 알게 되는데, 주변 여관들이 불순한 소문을 퍼뜨리는 것도 납득이 간다 싶을 만큼 성황을 이루고 있다.

온천장 '늑대와 향신료'는 입지가 좋고 탕은 널찍한 데다 귀족들이 탐낼 만한 동굴탕까지 갖추고 있기는 해도 그 외에는 별

반 다를 게 없다.

식사는 훨씬 잘 나오는 여관이 있고, 술에 특히 신경 쓰는 여관도 달리 있다. 침대 속은 짚단이니, 비단 양털 침대를 갖춘 여관과는 상대가 안 된다.

탕에서 펼치는 오락거리도 굳이 따지자면 기본적인 것뿐이다. 곰에게 곡예를 시키거나 입에서 불을 뿜는 자들이 있는 것도 아니다. 그리고 입 밖으로는 낼 수 없는 일을 무희들에게 시키지도 않는다.

무엇이 매력이냐고 다른 손님에게 물어도 왠지 그냥이라는 대답밖엔 안 돌아온다.

여관 분위기는 확실히 좋지만 선뜻 납득이 되지 않는다. 무슨 마법을 쓴 게 아니냐고 생각하는 편이 더 설득력 있다. 손님을 끌어들이려는 수상한 주술도 드물지 않으니.

그래서 부지 내 곳곳을 조사해 봤으나 특별하게 발견한 것은 없었다.

그러는 중에 손님들 대부분은 이 여관의 주인인 로렌스의 아내 호로와 딸인 뮤리의 매력을 거론했다. 그 두 사람한테는 웬만한 떠돌이 예능인들에겐 절대 없는 매력이 있다면서.

실제로 은색 머리를 한 뮤리는 건강함이 넘치면서 귀엽고, 어머니인 호로는 딸과 똑 닮은 젊음을 유지하면서도 묘하게 성숙한 분위기를 자아내는 신비한 매력이 있다.

그렇다고 해서 그것만으로 손님들이 모여든다고 믿는 것은 너무 순진한 판단이리라.

분명히 무슨 이유가 있을 텐데, 그게 무엇인지 알지 못한 채 시간만 헛되이 흘렀다.

그러다가 약간의 변화가 생긴 것은 온천장에 체류한 지 이주쯤 지나서였다.

시끌벅적한 탕에서 벗어나 마을 중심부로 이어지는 인적 없는 길을 어슬렁대다가, 고개를 늘어뜨리듯 하고 걸어오는 사람을 보았다.

남의 말을 할 처지가 아니지만, 이 마을에서 홀로 우울한 표정으로 돌아다녔다가는 단연코 눈에 띈다.

혹시 수상한 자가 아닌가 하여 유심히 보니, 뜻밖에도 온천장 주인인 로렌스였다.

"무슨 고민 있으십니까?"

성직자의 의무로 그렇게 물었다. 물론 이단을 취조하는 자로서의 임무도 포함해서.

"예? 아, 아니요…. 엇, 그렇군요, 제 얼굴이 그랬습니까?"

고개를 든 로렌스는 오르막길 위에 있는 나를 인지하지도 못하고 있었다. 자기 뺨을 문지르고는 지은 쓴웃음도 다소 굳어 있다.

"저라도 괜찮으시면 말씀을 들어 드리지요. 절대 심심해서 이러는 건 아닙니다."

너스레를 떨자 로렌스는 웃으며 한숨을 지었다.

"샐가드 님은 마을에 내려가시는 길입니까?"

"아니요, 산책을 하고 있었을 뿐입니다. 몸을 차게 하는 쪽이 탕에 뛰어들 때의 기쁨이 크니까요."

"세상을 즐기는 비결 중 하나이지요. 그럼, 숙소로 돌아가시는 동안 이 가엾은 여관 주인의 변변찮은 고민거리를 들어 주십시오."

다른 손님에게 수집한 정보에 따르면, 언뜻 보기에는 듬직하지 못한 이 주인장은 수많은 유력자들과 연결된 희귀한 장사 수완을 가진 인물이라고 한다.

대체 무엇이 고민인 것인지.

혹시 소중한 외동딸인 뮤리에게 혼담이라도 들어와 그런 거라면 이해하겠다만.

"실은, 일전의 곡물가루 문제가 아직 꼬리를 끌고 있어서요."

"곡물가루? 아아, 신심이 부족한 제분업자 말씀이로군요."

"싸구려를 사서 돈만 버린 꼴이지요."

"하지만 숙소 식탁에는 늘 맛있는 밀빵이 나와 있던데요? 달리 무슨 문제라도?"

그러자 로렌스는 땅이 꺼져라 한숨을 쉬고 머리를 긁었다.

"그 제분업자에게 곡물가루를 사는 것에 반대하는 사람들도 마을 안에 많았습니다. 그런데 저를 포함해 욕심에 눈이 어두웠던 여관 주인들이 논의 끝에 곡물가루를 구입했는데."

로렌스는 어깨를 으쓱이고는 내뱉듯 말했다.

"누구의 책임이냐 잘잘못을 따지게 된 거죠. 그야 뭐, 신참자의 통과의례라 치면 그럴 수도 있겠지만…."

"그 책임을 떠맡게 되셨다?"

"우리를 눈엣가시처럼 여기는 여관들도 있으니까요."

이런 소리를 하면 안 되겠지만, 하며 로렌스는 씁쓰레 웃었다.

"그래서 좀 골치 아프게 생겼습니다."

"자세히는 모르겠으나 여행을 하다 보면 엇비슷한 이야기를 종종 듣습니다. 힘내십시오. 신께서는 늘 정의로운 자의 편이십니다."

"고맙습니다."

로렌스는 다소 힘을 얻은 얼굴이었으나 여전히 표정이 개운치 않다.

"혹시 억지로 난제를 떠안으신 거면 제가 중재에 나설까요? 신을 모시는 자로서 그 정도 역할은 할 수 있을 겁니다."

"아니요, 아닙니다, 당치도 않습니다. 게다가, 뭐랄까, 해결 자체는 간단합니다."

무슨 알쏭달쏭 수수께끼 같다. 가만히 바라보자, 청년으로도 보이는 온천장 주인장은 지친 웃음을 지으며 말했다.

"아무도 먹으려 하지 않는 귀리가루를 떠맡았거든요. 음식물을 버린다는 건 어불성설인데, 양이 상당한 만큼 돈도 많이 들었습니다. 어떻게든 활용해야 하는데…."

하면서 흐리는 말 뒤로 이어질 내용은 쉽게 추측이 간다. 입이 고급인 손님들은 귀리가루로 구운 빵 따윈 거들떠보지도 않는다. 그렇다면 로렌스를 비롯한 여관 사람들이 먹어야만 할 텐데, 양이 상당하니 처리하려면 오래 걸릴 터.

추운 지방의 눈 내리는 계절이라 다행히 금세 벌레가 슬지는 않겠으나, 날이면 날마다 귀리빵을 먹어야 할 것을 생각하면 기분이 침울해질 만도 하다.

"저도 얼마간 거들겠습니다. 납작한 빵도 싫어하진 않으니까요."

로렌스는 고개를 가로젓더니 생각을 고쳐먹듯 쓴웃음을 지었다.

"손님께 어찌 그런 일을, 이라고 하고 싶지만… 부탁드릴지도 모릅니다. 까딱하면 저와 콜만 귀리빵을 먹게 될 수도 있으니까요."

콜은 로렌스네 온천장에서 일하는 청년이다. 신학자를 지망한다는데, 지식과 신앙심, 인품을 고루 갖춘 훌륭한 인물이었다.

이 여관에 이주 넘게 머무르니 인간관계도 얼추 파악됐다.

여관의 주인인 로렌스의 아내 호로, 딸인 뮤리와 콜의 관계를 보면 남자 둘이 상냥한 나머지 두 모녀 대신 귀리빵을 먹게 될 게 불을 보듯 뻔하다.

호로와 뮤리는 모전여전인지 맛있는 것 앞에선 뵈는 게 없다.

뮤리가 수선을 피웠던 설탕 단지도 모녀가 각자 슬며시 손을 댔는지, 어느새 단지째로 사라져 주인인 로렌스가 머리를 싸안고 있는 것을 보았다. 호로와 뮤리에게 휘둘리는 로렌스와 콜, 이런 구도가 이 온천장의 명물인 듯하다.

그런 생각을 하고 있는데, 로렌스가 불현듯 상인다운 표정을 보였다.

"한 가지 여쭈어도 될까요?"

"말씀하시지요?"

그 말에 로렌스가 눈길을 돌리고 주먹을 입에 댄 것은 생각하는 척이었을 수도 있다.

"밀가루에 귀리가루를 어디까지만 섞으면 신께서 용서하실까요?"

살아 있는 말의 눈도 뽑아서 판다는 상인 출신이라고 하니 잠자코 그냥 하면 될 것을. 그러지 못하는 성격인 게지. 피식 웃은 뒤 이렇게 대답했다.

"성전에도 대지에는 소금기가 필요하다 쓰여 있습니다. 부드러운 빵만 먹을 것이 아니라 가끔은 조금 딱딱한 빵을 먹는 것이 오히려 건강에 좋겠지요."

이 주인장이라면 탐욕스런 짓도 하지 않으리란 생각에 그렇게 말했다.

"정말로 그렇게 할지는 모르겠지만… 이 일은."

"예에, 물론 고해한 죄는 저와 신만 압니다."

로렌스는 안심한 듯 웃은 뒤 고개를 숙였다.

그 후 식탁에 나오는 빵에 귀리가루가 얼마만큼 섞였는지는 모르겠으나 로렌스가 정직하다는 판단은 틀리지 않은 듯하다. 그로부터 몇 번인가 헛간 앞에서 귀리가 든 자루를 두고 머리를 감싸 안은 모습을 보았다.

구워도 부풀지 않고 돌처럼 딱딱해지는 데다 묘하게 이에 달라붙는 귀리빵은 매일 먹을 만한 게 못 된다. 설상가상, 제분업자가 구매자를 속이려고 곱게 갈아서인지 죽을 쑬 수도 없었다.

밀에 조금씩 섞어 봐야 크게 소비되지는 못하리라.

마을 고참들이 떠맡긴 불필요한 물품 처리에 골머리를 앓는 모습으로 보아, 이 온천장의 성업도 한 꺼풀 벗겨 보면 아슬아슬 유지되는 중일 수도 있다.

내가 조사한 바로도 이 여관에 두드러지게 수상쩍은 점은 끝내 없었으니까.

다른 온천장에 잠입한 동료들의 의견도 어디든 비슷했다. 어느 여관에 이단자가 잠복해 있으리라는 소문은 대개 좁은 마을 안에서 벌어진 말다툼이 원인인, 상투적인 모략 같은 것인 듯하다.

여기에 더 있어 봐야 별 성과가 없으리라고 판단한 것은, 내가 온천장 '늑대와 향신료'에 체류한 지 두 달쯤 지나서였다.

"엇, 떠나신다고요?"

뜻을 전하자 로렌스는 놀라워했다. 아직 한겨울이고 뇨히라가 있는 지역은 눈이 많이 내린다. 이런 시기에 돌아가는 사람은 흔치 않을 테지. 물론 핑계는 생각해 두었다.

"남쪽은 봄 축제도 이르니 이제 슬슬 돌아가야 합니다."

어쨌든 억지로 붙잡을 수는 없다는 것을 아는지 로렌스는 한동안 섭섭한 표정을 지은 후 꼭 다시 와 달라며 양손으로 내 손을 잡았다.

이곳에는 교황청의 명령으로 왔지만, 허락된다면 내 의지로도 다시 오고 싶었다.

그리고 소소한 인사를 겸해 이렇게 말했다.

"여행에 대비해 귀리빵을 구워 주실 수 있으십니까? 딱딱한 만큼 오래가니까요."

"배려해 주셔서 고맙습니다. 하여간 우리 집 여자들은 달고 흰 가루는 숨어서 먹어 대면서 귀리는 입에도 대려 하지 않는다니까요."

여관 경영이 기운다면 그 두 사람의 위장에 기둥뿌리가 뽑혀서일지도 모른다.

그로부터 며칠 후, 딱딱한 귀리빵을 받았다. 설탕 단지를 비운 속죄의 뜻에서인지 웬일로 호로와 뮤리가 나란히 빵 굽는 가마에 간 것이 인상적이었다. 로렌스는 "하여간 저 둘은 저런 점에서 약아빠졌다니까요." 하며 체념하듯 웃었다.

받아 든 귀리빵은 보통이 밑바닥에 넣어 두었다. 물에 젖지 않는다면 내년 이맘때쯤까지도 먹을 수 있으리라.

그렇게 채비를 마친 후 온천장 '늑대와 향신료'를 떠났다.

주변에서 마법을 쓴다는 소문이 날 만큼 번창하는 비밀을 끝내 알 수 없었지만, 그렇다고 명확한 마법 사용 증거도 발견하지는 못했다.

물론 '의심스럽다'는 보고를 하는 건 쉽지만, 하지만 그런 보고를 해 봐야 추후 지속적인 주의를 요한다는 한마디가 덧붙어 교황청 창고 어딘가에 처넣어질 뿐이다.

이단과의 전쟁이 주요 과제였던 예전이라면 모를까, 요즘 세상에 조사 보고를 어떤 식으로 할지는 결국엔 자신의 업무에 납득할 수 있느냐 아니냐에 달렸을 뿐이다.

그리고 그 온천장의 상황이 마법을 사용한 결과라고 의심하기는 왠지 좀 아깝기도 했다. 특이점 없이도 번창하는 가게는 번창한다. 그게 다일 수도 있다.

더욱이 그들의 정직함은 이 귀리빵이 잘 드러내고 있는 듯싶고, 천진함은 호로와 뮤리라는 아름다운 모녀가 구현해 주었다.

완벽하게 아니라고는 할 수 없으나 우려할 정도는 아니다.

보고서에는 그렇게 쓰기로 했다.

그런 뒤, 곰팡내 나는 천막 밑에서 투덜대듯 나직이 타는 모닥불 위에 로렌스에게 받은 귀리빵을 걸었다.

온갖 음식에 진작 곰팡이가 슨 동료들의 얼굴이 그것을 보자 오랜만에 다소 생기가 돌았다.

밀빵으로는 이러지 못한다.

귀리빵을 굽고 있자, 매번 맛없다는 소리를 듣는 빵이라도 나름대로 좋은 냄새가 피어난다. 청빈을 노래하며 물과 콩만 먹고 살아도 전혀 힘들어하지 않는 동료들마저 뱃고동을 울렸다.

"공복은 최고의 반찬이라더니, 말 한번 잘 했네."

라고 누군가가 말했다.

잔물결 같은 웃음이 피어나다가 얼마 되지 않아 웃는 얼굴들이 다소 기묘하게 굳는다.

"아니, 냄새가 상당히 좋은걸?"

반가운 게 아니라 당혹스러운 것처럼 들렸다.

"음. 귀리빵이 이렇게 먹음직스런 빵이었나…?"

천막 밑에 현기증이 날 만큼 좋은 냄새가 찬다.

"아름다운 어머니와 딸이 속죄를 빌며 가루를 반죽해 빵 가마에 구워 와서 그런 거 아닐까요?"

농담처럼 그렇게 말을 던졌는데, 말을 마친 무렵에는 정말로 그렇게밖엔 여겨지지 않을 만큼 너무도 좋은 냄새가 감돌았다.

"설마, 신의 기적인가?"

"성체라는 말씀이오?"

돌연 천막 밑이 활기를 띤다.

설마? 혹시? 어떻게 그런? 하면서도 차츰 피어나는 황홀한 냄새에 빵을 든 손이 덜덜 떨렸다. 이런 곳에서 신의 기적을 만나다니, 어찌 이리 행복한 일이!

"이것은 추기경께 보고해 다시 조사하는 수밖에 없겠소. 샐가드 형제, 그대가 숙박한 여관의 이름이 무엇이라 했소?"

흥분한 이들을 앞에 두고, 나는 구운 귀리빵 뒷면에 무언가가 나타나 있는 것을 보았다.

"조, 조용히. 성체에 성흔이 나타났습니다!"

동요가 일어나고, 교회 문장을 손에 쥔 자, 성전을 보퉁이에서 꺼내는 자, 양손을 모으고 기도를 올리는 자의 시선이 귀리빵으로 쏠린다.

긴장하여 떨어뜨릴까 봐 천천히 빵을 뒤집는다.

발효종 없이 구워 부풀지 않고 납작한 빵이다.

그리고 빵 뒷면이 드러난 직후, 모두가 숨을 삼켰다.

"…이, 이건…."

커다란 접시 같은 빵 한 면에 나타난 그것.

잘못 볼 리도 없다.

거기에는 포효하는 늑대의 모습과 짤막한 글귀가.

"…늑대와… 향신료에… 또 와 주세요?"

"아! 이 냄새, 생각났다!"

한 사람이 소리치며 귀리빵을 낚아채듯 하더니 불에 구워 나타난 그림 부분을 뜯어 입에 넣는다.

"달아! 역시 설탕 타는 냄새예요!"

그렇게 외친 이를 모두가 쳐다보다가 앞다투어 빵을 뜯었다.

나도 먹어 보니 정말 달다. 그간 제대로 된 음식을 먹지 못했기에 관자놀이 밑 언저리가 꽉 조여드는, 통증과도 비슷한 행복감이 든다.

"허허 참, 사람 놀라게 하기는. 물에 녹인 설탕을 바른 거 아니오?"

누군가의 말에 웃음이 일었다.

"혹시 다른 빵도 그런 거 아니야?"

그 말에 즉시 다른 빵도 구워 보았다. 예상대로 여러 가지가 쓰여 있다. 뇨히라에서 제일가는 온천장이라든가 오라버니 삐돌이, 라는 글귀와 함께 콜이라는 젊은이의 얼굴로 보이는 그림이 그려진 빵도 있었다. 뮤리가 그렸다는 것을 바로 알겠다.

"빵에 설탕을 넣은 것은 아닌 듯하지만, 이렇게 좋은 냄새와 함께 먹으면 맛있겠군요."

"보통 안의 귀리빵을 꺼낼 때는 이제 끝이로구나 했는데."

"온천장의 선전으로는 훌륭하군요."

그런 말을 하면서 조금 전까지 병으로 쓰러질 것 같던 이들이 귀리빵을 오독오독 먹고 있다.

나는 어느 빵 하나를 손에 집어 들고, 그렇게 된 거였구나 하고 이해했다.

거기에는 두 남자와 세 여자로 보이는 얼굴 그림이 그려져 있다. 그림 밑에는 온천장 '늑대와 향신료'라고 쓰여 있다. 로렌스와 콜, 호로와 뮤리, 다른 한 사람은 취사장을 맡고 있던 여자이리라.

그 온천장은 번창할 만하니 번창하는 것이다.

뇨히라에서 돌아가는 길, 그 어떤 이유에서건 이 빵을 꺼내어 먹으려던 사람은 이것을 보면 누구든 그런 생각이 들 테니까.

"다음에 올 기회가 있으면 나는 이 온천장을 맡고 싶네."

"저도 그러고 싶은데요."

"아니, 아니. 나야말로."

천막 밑에서 그런 말다툼이 벌어졌다.

바깥에는 여전히 지겨운 비가 내리고 있으나, 이제 아무도 개의치 않는다.

떠들썩해진 천막 밑에서 나는 슬며시 빵 하나를 보퉁이에 도로 넣은 후 이렇게 말했다.

"1차 조사를 맡은 저야말로 추가 조사에 적합하지 않겠습니까?"

사태는 심화돼 토론이 연신 이어졌다.

그러저러하고 있자 마침내 비가 그치고 해가 났다.

천막을 접고 짐을 정리하는 사이에도 토론은 계속됐다.

모두가 완전히 기운을 되찾고 배도 채웠다.

"이것도 일종의 기적일까요?"

누군가가 말했다.

온천장 '늑대와 향신료'.

보고서에는 눈에 띄지 않게 써야겠다고 결심한다.

왜냐하면, 사람이 너무 몰려들면 내가 들어갈 여지가 없어지고 말 테니까.

늑대와 시럽 빛깔 일상

좁은 마을 안에서는 주민 모두가 서로서로 잘 안다. 옆집의 어제 저녁밥부터, 벽난로 앞에서 자는 개의 상태까지 바로 귀에 들어간다. 그것은 온천향 뇨히라도 예외는 아니다.

다만, 이 방면의 화제에서 자칫 간과하기 십상인 것은, 자신에 관한 소문만큼은 귀에 잘 들어오지 않는다는 거다.

"호로."

온천장 '늑대와 향신료'의 주인인 로렌스는 저녁 식사 후 침실에서 초의 심지를 자르며 아내의 이름을 불렀다.

아마색 긴 머리에 가녀린 어깨. 거스러미 하나 없이 깨끗한 손가락을 보고는 귀족의 딸인 줄 아는 경우도 종종 있다. 열너덧 살쯤으로 보이는 외모도 한몫해, 처음 여관에 온 이들 중에는 신혼부부로 착각하고 축복해 주는 사람까지 있다.

하지만 청초한 겉모습은 가짜다. 호로의 참모습은 연세 수백 살 잡수신, 높이 우러러봐야 할 만큼 거대한 늑대의 화신이다.

그러니, 로렌스에게 이름을 불렸어도 호로는 발딱 돌아보지도, 순진하게 수줍은 미소를 보이지도 않는다. 머리 위에 난 귀를 기민하게 움직여 어물쩍 대답으로 삼는다.

머리털과 똑같은 색깔의 세모꼴 뾰족한 짐승 귀.

"잠깐 할 얘기가 있어."

한숨 섞인 로렌스의 말투에 그제야 고개를 든다.

호로는 저녁을 먹은 후로 쭉, 침실 책상에 매달려 있다.

"뭔데?"

눈을 가늘게 뜨고 미간을 찌푸리며 몹시 귀찮은 기색이다. 하지만 로렌스는 재차 한숨을 쉬고는 호로의 뺨으로 손을 내밀었다.

"잉크 묻었어."

"으."

로렌스가 손가락으로 닦아 주자, 호로는 가늘게 떴던 눈을 감고 짐승 귀를 쫑긋쫑긋한다.

복슬복슬한 꼬리도 살랑이니 기분이 나쁜 건 아닐 테고.

눈매가 사나운 건 피곤해서다.

"하여간에…."

로렌스는 호로의 눈꼬리를 양손 엄지로 빙글빙글 문질러 준다. 그런 후 감긴 눈꺼풀 위에 엄지를 살며시 대자 호로는 장난치듯 눈꺼풀 밑에서 눈을 데굴데굴 움직였다.

"수건에 뜨거운 물 적셔 올까?"

여관 손님 중에는 고위 성직자를 비롯해 글 쓰는 게 업무인 이들이 많다.

그들에게 눈 보호법을 물어보니 따뜻한 물수건을 눈에 대면 좋단다.

"응~…."

하지만 호로는 제대로 대답을 하지 않고 로렌스의 손을 잡더

니 제 목덜미에 갖다 댄다. 주무르라는 뜻이다. 하는 수 없이 로렌스가 손을 움직이자 로렌스의 손에 체중을 얹고 늘어져 만족한 듯 꼬리를 살랑인다. 방자하기 짝이 없지만, 순순히 좋아하는 걸 보면 로렌스도 그게 반가워 치다꺼리를 하고 만다.

퍼뜩 정신을 차리고, 오늘은 잔소리를 해야겠다고 마음을 다잡는다.

얼마 전부터 이런 호로가 푹 빠진, 책상에 펼친 종이에 글자를 빽빽이 써넣는 작업에 관해서다.

"오늘 마을 회합에 갔다가 소문을 들었어."

"음?"

목덜미를 주무르던 로렌스의 손을 호로가 자기 어깨로 훌쩍 옮겨 얹는다.

이젠 여기를 주물러라, 설명은 그런 다음에 하라는 뜻이다.

마치 머슴 부리듯 하는데, 호로가 기분 좋게 귀와 꼬리를 파닥이고 있고, 로렌스 자신도 이런 접촉은 싫어하지 않는다. 그런 의미에서는 호로가 별안간 글쓰기에 푹 빠진 것이 나쁘지만도 않다.

깃털 펜과 잉크, 메모용 종이, 정서용(淨書用) 양피지, 글자를 확대하는 돋보기와 밤늦게까지 깨어 있기 위해 쓰는 초에 이르기까지 상당한 비용이 들지만, 본전은 뽑는 것 같다. 무엇보다, 호로가 쓰고 있는 것은 참으로 중요한 글이니.

호로는 늑대의 화신이라 몇 백 년을 산다. 반대로 로렌스는 보통 인간이니 머잖아 수명을 다해 호로를 두고 길을 떠나게 된다. 언젠가는 반드시 홀로 남겨질 호로는, 그래서 지금의 행복한 시간을 거듭 되돌아볼 수 있게끔 매일 생긴 일을 글로 남기기로 했다.

그건 그것대로 좋다. 제안한 사람도 로렌스다.

하지만 호로는 언제든 극단적이다.

"네가 종이와 펜을 들고 여관 안을 돌아다니는 바람에 소문이 났잖아."

"흐음?"

호로는 오른쪽을 더 세게 주무르라는 투로 고개를 왼쪽으로 기울인다.

로렌스가 손가락에 힘을 좀 더 주자 늑대라기보다 고양이처럼 갸르릉댄다.

"온천장 '늑대와 향신료'의 여주인은 시 짓기에라도 눈을 뜬 건지, 아니면 신과 대화를 하고 있는 건지."

"흐음… 응응, 으~음… 아~응, 거기야, 거기."

진지하게 듣지 않기에 로렌스가 약간 분노를 실어 손가락을 놀렸는데도 정작 호로는 꼬리털을 부풀리며 감동할 뿐이다.

그래도 한동안 묵묵히 어깨를 주무르자 호로가 느릿느릿 물었다.

"그런데? 그게 뭐가 문젠데?"

이제야 들을 마음이 생겼나 하여 호로의 어깨에서 손을 거두려다 저지당했다.

로렌스는 체념하고 호로의 어깨를 계속 주무르며 대답했다.

"주변에서 이상한 억측을 하고 있다고."

호로는 가타부타 말이 없으나 귀는 이쪽을 향하고 있으니 들을 의사는 있는가 보다.

"요점만 말하자면, 네가 이 가게를 떠나서 어느 수도원에라도 들어가려는 게 아니냐는 소문이 났어."

그 순간 호로의 귀가 핑 솟았다.

그리고 서서히 목을 돌려 로렌스를 본다.

"뭔 소리야, 그게?"

의아한 얼굴이니 정말로 모르는 것이리라.

설명을 해야 할지 잠시 주저되었으나, 얼버무려 봐야 소용없을 테니.

"네 겉모습은 어려 보이잖아. 그러니까 나로는 만족이 안 됐을 거라는 야비한 소문이 난 거지."

호로는 여전히 알쏭달쏭한 표정이다.

"나이 많은 남편에게 시집온 젊은 아내가 어느 날 수도원에 들어가기로 결심하는 건, 대개 젊은 아내가 몸을 주체하지 못한 끝에 바람을 피웠거나, 이혼하기 위해서야."

이쪽을 보는 호로의 눈에서 빛이 사라졌다. 입술은 뭔가 말을 하려다가 만 채, 모양새를 이루지 못하고 굳어 있다.

그런 호로를 물끄러미 바라보는 로렌스, 이 광경을 다른 사람이 봤더라면 부정을 의심받은 아내가 마음 깊이 상처를 받은 장면이라 여길지도 모르겠다.

하지만 먼저 한숨을 내쉰 것은 로렌스였고, 토해 낸 만큼의 숨은 호로의 뒷머리에 코를 묻으며 되찾았다.

"나도 아직까지 그렇게 늙은 건 아니라고 자부하는데."

목에 감았던 팔은 호로의 몸을 끌어안고 있다.

호로가 기침하듯 몸을 뒤흔든 것은 웃느라 그런 거다.

"쿠후. 겁쟁이인 당신도 가끔은 사내 녀석 같은 소리를 하네."

호로는 로렌스의 손목을 어루만지다가 살갗을 꼬집었다.

"그러든가 말든가 상관 안 하면 되잖아."

어지간히 억울했나 보네? 하며 호로가 웬일로 위로하는 음성으로 말한다.

로렌스는 한 박자 뜸을 들인 후 말했다.

"우리는 사람을 상대로 하는 장사잖아. 대체 어느 누가, 젊은 아내가 도망친 홀아비가 운영하는 여관에 묵으러 오겠어? 그냥 소문일 뿐이어도 손님들한테 인상이 나빠진다고."

호로는 어리둥절해하다가 지친 듯이 웃었다.

"하긴 그러네."

"그리고 너도 마냥 아무렇지 않을 수만은 없을걸?"

"뭐어?"

"어엿한 여관은 그것만 해도 한 재산이야. 후처 자리를 노리는 이들도 있고, 세상에는 이런 일엔 쓸데없이 참견하는 놈들이 많다고. 네가 나가지도 않았는데 어느 가난한 영지에 얌전히 살고 있다는, 인품 좋은 몰락귀족의 막내딸을 팔겠다는 의뢰가 날아든다고."

그런 점에서 호로는 뒷산에서 생쥐가 재채기를 해도 알아들을 만큼 귀가 밝고, 시기와 질투에 관해서는 귀족 아가씨 저리 가라다.

온천장의 아내 자리를 노린 젊고도 아리따운 아가씨가 간들간들 찾아오는 모습을 상상하는 것만으로도 로렌스는 신변의 위협과 호로의 비위를 맞추느라 애를 먹을 것에 기운이 쭉 빠진다.

따라서 마을에 도는 소문은 이만저만 민폐가 아닐 수 없다.

"흠…."

제 먹잇감을 가로채려는 놈들은 무엇이 됐든 제거해야 한다.

그런 표정이던 호로가 잠시 생각에 잠기더니 로렌스를 귀찮은 투로 쳐다보았다.

"그래서 나더러 어쩌라고? 남들 앞에서 당신한테 열심히 매달리면 돼?"

그러고는 호로는 로렌스의 손을 슬쩍 쓰다듬으며 눈을 흘겼다.

현랑이라 자칭하면서도 그런 연극 같은 짓을 지극히 즐기고, 로렌스가 싫어하면 더 반색을 하기에 냉정히 대처한다.

"평범하게 해."

"으."

재미없게, 하며 뺨을 부풀리는 호로의 모습에 로렌스는 어이가 없어 한숨을 지었다.

"그리고, 종이 다발과 펜을 들고 너무 돌아다니지 마. 눈에 띄어."

"우으…."

두 번째 신음은 맨 처음 것과는 조금 달랐다.

"그날 무슨 일이 있었는지 쓰는 것뿐이면 자기 전에 금세 끝낼 수 있잖아?"

하지만 호로는 아침에 일어나 밤에 자기 전까지, 펜과 종이를 한시도 손에서 떼지 않는다.

"멍청이. 그러다간 중요한 일을 깜박할 수도 있잖아."

"그렇게 온갖 일이 매일 일어나진 않잖아… 아니, 잠깐, 오늘 쓴 것 좀 보여 줘 봐."

"으, 이, 이건, 하지 마, 이건, 이 멍청이!"

어린애처럼 감추려 들기에 로렌스는 전에 없이 호로를 밀어내고 책상에 놓인 종이를 빼앗았다.

호로는 도로 빼앗으려 들었으나, 로렌스가 의자에서 멀어지자 더는 쫓아오지 않았다.

"보면 안 될 거라도 쓰여 있냐?"

"그딴 거 없어!"

"그럼 괜찮잖아…. 그나저나 참 많이도 썼네…. 이것도 양피지에 다시 옮길 거야?"

호로가 매일 손에 들고 돌아다니는 것은 넝마를 재활용해 만든 싸구려 종이다. 거기에 메모해 두었다가 나중에 양피지에 옮긴다. 양가죽으로 만든 양피지는 아주 질긴 데다 불길에 휘말리고도 타지 않고 살아남기도 하니 호로가 몇 백 년을 되풀이해 읽기에 적합하다.

"어디… 여전히 글씨는 서툴구나…."

"입 다물어!"

잉크를 말리는 데 쓰는 모래를 한 움큼 집어 던진다.

호로는 손끝은 야무진 데에 비해 글씨를 쓰는 건 서투르다. 눈이 별로 좋지 않은 탓에 모양을 잘 알아보지 못한다.

"어디 보자. 아침, 일어난다. 삶은 달걀 두 개와 치즈를 얹고 난롯불에 구운 말랑말랑한 밀빵. 곁들이로는 어젯밤 남은 소시지 두 조각과 닭가슴살. 식후에 맥주 한 잔."

매우 호화로운 아침밥이라 기쁜 마음에 기록했나? 하지만 이런 것이 두고두고 글로 남길 만한 중요한 일인가? 하며 호로를 보자, 뿌루퉁하여 고개를 홱 돌린다.

"식사 후, 탕에서 수선을 떨던 손님이 술을 달라고 했다. 어차피 취해 있기에 슬슬 맛이 빠지기 시작한 포도주에 벌꿀을 타서 주자 특급 술이라며 대만족. 지불은 가시면류관을 쓴 수컷의 옆얼굴이 그려진 동화로 일곱 닢… 일곱 닢?!"

로렌스가 놀라서 호로를 쳐다보자 흐흥, 하며 의기양양해한다.

"가시면류관이라면… 퀴진 동화잖아? 많이 받아 봐야 네 닢인데…."

"내가 직접 가져다줬잖아. 임금도 포함해야지. 특별히 비싼 술이라고 하진 않았어."

"……."

착각한 건 손님 쪽이고, 포도주 맛을 향상시키기 위해 상인들은 지혜를 쥐어짠다.

벌꿀로 달게 하고, 생강의 아릿함으로 술맛을 얼버무리고, 흰자와 석회를 써서 고급 술처럼 맑은 색을 내기도 한다.

손님 측도 당연히 경계하는데 기꺼이 돈을 내놓았으니 받을 수밖에.

그런 생각을 하면서도 왠지 석연치 않다.

"점심 전에 무희와 악사가 온다. 떠들썩한 소리를 들으며 해가 아직 있을 때 벽난로 재를 치운다.”

“성실하게 일 잘 하지?”

생글생글 웃는 얼굴로 꼬리를 살랑이며 그런 말을 한다.

호로는 꼬리에 재가 묻는다면서 벽난로 청소는 늘 남에게 떠미는데, 정말로 웬일인가 했더니 그다음이 있었다.

“재 안에 점토로 싸서 넣어 둔 양파가 알맞게 구워졌다. 점토를 부수고, 녹색 향초 다진 것과 남방에서 온 기름을 뿌리고 소금을 쳐서 먹는다. 맥주가 없는 것이 안타깝다….”

“앗.”

호로는 아차 싶은 얼굴이다. 어느 손님에게 들은 양파 먹는 방법일 테지.

웬일로 벽난로 청소를 했나 했더니 얍삽하게 군것질이나 하고.

로렌스의 시선을 못 견디겠는지 의자에서 일어선다.

“그 정도면 됐잖아, 당신.”

“너, 이것 말고도 요런 짓만 하고 있는 건 아니겠지?”

호로는 종이를 빼앗으려 했으나 키 차이가 있다.

로렌스는 종이를 머리 위로 높이 쳐들고 다음 줄을 읽었다.

“오후에는 난롯가의 검댕을 제거한다. 호오, 검댕이 청소?”

아무리 잘 만들었어도 벽난로에서 피어오르는 따뜻한 공기가 건물 안에 잘 돌게 하려다 보면 틈새 곳곳에서 그을음이 새어나온다. 이것도 호로는 얼굴과 손이 더러워진다면서 꺼렸다.

"그러는 김에 굴뚝가에 둔 병을 살피러 간다… 병?"

시선을 가슴께로 내리자 호로가 얼굴을 찌푸린 채 까치발을 하고 어떻게든 종이를 빼앗으려 들었다.

"병이라니?"

"…몰라."

포기한 호로가 물러나 팔짱을 끼고는 고개를 팩 돌린다.

불만스레 왔다 갔다 하는 꼬리를 보며 로렌스는 다음 줄을 읽었다.

"사일러스라는 이가 좋은 것을 가르쳐 주었다. 다음에 만나면 숲에 까치밥나무 열매가 나는 곳을 가르쳐 줘야겠다."

사일러스라는 이름에 대번에 알았다.

로렌스와 친한 온천장 주인의 이름인데, 뇨히라에서도 이름난 술 빚기 명인이다.

굴뚝가에 둔 병에 술이라도 담가 놓은 거겠지.

하지만 무슨 술인지 모르겠다. 맥주를 빚으려면 나름의 화력과 도구가 있어야 하고, 포도주는 포도 없이는 못 만든다. 과실주 종류인가 했는데, 생과일은 이 근방엔 여름이 아니고선 얻을 수가 없기에 몇 주는 더 있어야 한다. 벌꿀주도 벌꿀 관리는 취사장 담당인 한나가 맡고 있어서 쉽게 훔쳐 낼 수 없을 터.

물론 단순히 인색한 마음에 뭐라는 게 아니다. 나 모르는 곳에서 호로가 혼자 술을 빚어 마시고 있다면 저녁때 반주로 마시는 술의 양을 아무리 제한해도 의미가 없으니까 이러는 거다.

호로는 괜찮다고 우기지만 과음해서 몸에 좋을 게 없다.

"대체 무슨 술인데?"

로렌스가 묻자 호로가 입술을 삐죽 내민다.

장난을 들켜 콜에게 야단맞는 딸내미 뮤리와 똑 닮았다.

그 말괄량이가 대체 누굴 닮았는지 뻔하지.

"말 안 해도 상관없는데, 한나한테 이야기해서 매일 마시는 술은 확 줄일 거야."

"뭐?!"

잔인하다며 로렌스를 쳐다본다.

로렌스가 팔락 종이를 흔들자 풀썩 고개가 꺾인다.

"빵술이야…."

"빵? 아아, 크바스?"

호밀빵을 물에 담그고, 주정과 약간의 꿀만 있으면 완성되는 연한 술이다.

시큼 쓰레한 맛이 독특해 호불호가 몹시 갈린다.

"괜찮은 생각이네…. 호밀빵이면 한나도 잔소리 안 할 테니."

빵은 재료의 종류에 따라 크게 달라진다. 최하위는 귀리. 대부분 빵과는 결과물이 다르고, 때로는 말에게나 먹이기도 한다. 최고급은 당연히 밀. 달고 폭신폭신한 빵이 된다.

그 사이에 호밀로 만든 검은 빵이 끼는데, 하도 딱딱하고 쓴

쓸하고 맛이 없기에 대개는 밀가루에 호밀가루를 섞어서 빵으로 만든다. 부자들만 묵는 온천장에 그런 검은 빵이 있는 것은 사치에 푹 빠진 그들이 간혹 속죄라도 하듯 절제할 때가 있기 때문이다.

"하여간… 현랑이라는 자가 숨어서 술이나 빚어 마시고 있었다니."

호로는 아픈 데를 찔린 듯 목을 움츠렸다가 이내 반격을 시도한다.

"멍청이! 당신 돈주머니가 아프지 않게 나 나름대로 지혜를 발휘한 거라고!"

"감시가 느슨한 양파를 벽난로에 구워 먹었으면서? 게다가 남방에서 온 기름이라니, 올리브유잖아. 멀리서 온 거라서 그게 얼마나 비싼데."

향초와 곁들여 먹었다는 게 더 얄밉다. 맛있었을 게 뻔하니까.

설상가상 호로는 잔소리에 반성은커녕 팩 토라진 표정이다.

보리에 깃들어 풍작을 관장하던 늑대의 화신이어서 그런지, 음식물에 관한 집착만큼은 굉장하다.

"후우… 뮤리 녀석이 없으니 가게에 조금은 평온이 찾아들려나 했는데…."

외동딸인 뮤리는 이가 근질거려 한시도 가만있지 못하는 강아지처럼 온갖 기회를 틈타 먹어 치우고 장난질에 열심이었다.

딸아이 앞에서는 호로도 어머니로서의 근엄함을 유지해야 한다고 생각했는지 현랑의 이름에 걸맞은 차분함을 보여 주곤 했었다.

하지만 그랬던 외동딸도 가게 일을 거들던 청년 콜을 따라 여행을 떠나 버렸다.

호로에게서는 날이 갈수록 어머니의 가면이 벗겨져, 예전처럼 짐마차를 타고 떠돌던 시절의 모습으로 되돌아갔다.

맛있는 것을 조르고, 틈만 나면 꼬리털 손질에 열심이고, 밤에는 술을 한 방울이라도 더 마시려 든다. 아침에는 일어나기 싫다며 미적대고, 밤에는 이젠 졸린다며 벽난로 앞에서 눈을 감고 있다가 침실까지 안아서 옮겨 달라며 팔을 내민다.

물론 로렌스도 전부 받아 주고 있지는 않고, 콜과 뮤리가 나간 후로는 단순히 일손이 부족하기에 호로도 나름대로 일을 하고는 있다.

큰 문제나 소동 없이 평범한 나날을 되풀이했다.

호로는 그런 평범한 하루하루가 행복하긴 하지만 잊히게 될까 두렵다고 했다. 하지만 그것도 펜과 잉크, 종이 다발을 건네고 해결했다.

이로써 한 건 해결, 무사평온, 가내안정, 장사번영…일 줄 알았건만, 이 꼴이다.

로렌스는 어이가 없다기보다 의문이 들었다. 여전히 무슨 불만이 있는 건가? 하여.

아무리 떼를 쓰더라도 호로는 늘, 그걸 허락지 않는 이쪽이 오히려 편협하게 느껴질 절묘한 부분을 치고 들어온다.

하지만 여기에 쓰여 있는 것은 또렷하게 꼬리털 한 올 이상은 밖으로 삐져나와 있는 악행이다.

종이 다발에는 이밖에도 수없이 많은 악행이 쓰여 있겠지.

어떻게 된 거지?

애당초 이런 멍청한 증거를 남긴다는 게 호로답지 않다.

호로가 이 종이 다발에 글을 쓰기 시작한 뒤로, 창피한 것인지 내용을 보여 주기 싫어하는 것 같기에 로렌스는 그 마음을 존중해 보지 않았다. 그런데 그걸 빌미로 일종의 훈장처럼 들키지 않은 일을 자랑스레 기록하고 있었던 걸까?

로렌스는 화가 나기보다 서글퍼졌다. 호로는 그런 비열한 녀석이 아니었던 것 같은데.

양파는 함께 구워 둘이서 먹고 싶었다. 점토 꾸러미를 깨서 구워진 상태를 보며 일희일비했으면 얼마나 즐거웠겠는가. 크바스도 세림, 한나와 나란히 마시면 훨씬 맛있었을 테고. 싸고 맛좋게 만들려면 어떻게 해야 할지 둘이서 지혜를 짜 보는 것도 재미있을 터.

호로야말로 그런 걸 잘 안다고 생각했는데.

그러다 퍼뜩 생각이 떠올랐다. 호로는 또 내가 눈치채지 못한 무슨 고민을 안고 있는 게 아닐까?

옳다구나 하며 맛좋은 음식을 독점하려는 경향이 없다고는 말 못 하겠지만, 술까지 밀조해서 혼자 마신다면 이야기가 다르다. 나한테 말할 수 없는 무언가가 있어서 그 울적함을 달래려고 그랬다면? 이 종이 다발에 그런 모습을 줄줄이 쓴 것은 내게는 직접 말할 수 없는 특별한 감정을 떠올리게끔 하려는 호로나름의 어떤 암호 같은 것이었다면?

그렇게 생각하면 로렌스도 호로의 행동을 이해할 수 있을 것 같다. 크바스 같은 시큼 씁쓰레한 술을 혼자 끌어안고 마시는 호로의 모습을 상상해 보라. 절대 즐거운 술일 리가 없다. 더 빨리 깨달았어야 했다.

지금 필요한 것은 질타가 아니라 다가서는 자세 아닐까?

설령 벽난로에 진흙으로 싼 양파를 넣고 부드럽게 구운 그것에 향초를 다져 넣고 올리브유를 뿌리고 끝으로 소금까지 쳐서 먹었다 쳐도… 먹었다 쳐도?

아니, 역시 좀 이상한데?

무슨 고민이 있어서 그것을 털기 위해 무언가를 몰래 먹었다면야 이해가 간다. 홧김에 마시는 술이 그 극치이니까. 하지만 향초와 올리브유를 굳이 준비하고 소금까지 쳐서 만반의 태세로 임한다? 아무리 생각해 봐도 그 순간, 호로의 얼굴은 싱글싱글할 것이다.

로렌스는 호로를 물끄러미 바라보았다. 눈앞에 있는 모든 것이 잘 모아지지 않는다.

로렌스의 눈이 가늘어지고 입가는 불만스레 일그러진다.

이어서 나온 것은 땅이 꺼져라 내쉰 한숨.

"저기, 호로."

무슨 수를 내 보라는 투로 잔뜩 토라진 기색의 호로가 힐끗 곁눈질로 시선을 보내온다.

로렌스는 앞머리를 긁었다.

"너, 여기에 쓴 거, 다 거짓말이지?"

어딘지 모르게 처져 있던 호로의 늑대 귀와 꼬리가 쫑긋 선다.

"내가 이걸 읽고 화가 난 나머지 크바스는 몰수라며 굴뚝가를 찾으러 다녀. 하지만 술은 안 나와. 어떻게 된 거냐며 너를 다그쳐. 그럼 너는 물에 빠진 고양이처럼 바들대면서 모른다는 말만 반복해. 나는 더 다그치겠지. 그러면?"

눈을 감고 이야기를 듣고 있던 호로가 까치발이라도 서듯 숨을 크게 들이마셨다가 토했다.

남은 것은 쓴웃음.

"그러면, 키득키득 웃는 거지."

"……."

인상을 팍 쓰자 호로가 어깨를 들썩이며 웃기 시작하더니, 장난치듯 안겨 들었다.

"화내지 마. 딱히 당신을 골탕 먹이려고 한 짓은 아니었어."

중재를 요청하는 듯한 저자세의 웃음이었으나 로렌스는 싸늘하게 되물었다.

"과연 그럴까?"

"뭣… 이, 멍청이!"

호로에게 발끝을 밟혔다.

하지만 호로는 자신의 말을 의심받기는 했어도 자기한테도 그럴 만한 잘못이 있다고 생각을 고쳐먹을 만큼의 이성은 있었나 보다. 마지못해 이렇게 설명했다.

"흥. 매일 일어난 일을 쓰다 보니까 뜻밖에 글을 쓰는 게 재미있더라고. 그렇다고 날이면 날마다 그렇게 쓸거리가 생기는 것도 아니니까, 이런 일이 있으면 재미있겠다고 상상해서 쓴 거야."

종이 다발을 보는 로렌스의 콧등에 주름이 잡힌다.

"이거, 전부?"

"뭐… 반반이야."

여유만만해 보여도 살짝 부끄러워하고 있다는 것은 귀와 꼬리로 알 수 있다.

지어낸 이야기를 쓰는 데 푹 빠지다니, 그야말로 귀족 저택에서 시간이 남아도는 소녀의 놀이가 따로 없다. 내가 읽는 것을 꺼렸던 호로의 마음을 조금은 알겠다.

게다가 로렌스 자신도 간과한 부분이 있다.

"애당초 이렇게 호화로운 아침밥은 아주 드물다는 점에서 빨리 깨달았어야 했는데."

"이 정도는 먹고 싶다며 배고파하면서 글을 쓰는 내가 얼마나 가여운가 하는 이야기라고…."

눈가의 눈물을 훔치는 시늉까지 하지만, 전날 저녁 식사의 남은 음식이 아침에 나오지 못하는 것은 호로가 그 저녁에 깨끗이 먹어 치워서다.

"그럼 식초가 되려는 포도주를 비싸게 팔았다는 건?"

"그건 진짜야. 하지만 제대로 마시지도 못하고 전부 흘려 버릴 만큼 해롱해롱 취한 손님이었어. 애쓴 내 보람이 없었지."

그렇다면 동화는 잘못 세어 준 것이겠군.

"크바스는? 정말 안 만들었어?"

로렌스가 묻자 호로가 눈길을 홱 피한다.

"야, 너…."

"웃, 안 만들었어! 빚는 법을 물어보기만 했어!"

호로를 지그시 보자, 으으… 하며 쏘아본다.

현랑이라 자칭하는 만큼 호로에게도 어엿한 자긍심이란 게 있다.

아무래도 거짓말은 아닌 듯싶다.

"…손님들이 변덕스럽게 절식인지 뭔지 잘은 모르겠지만 검은 빵을 굽는 날이 있잖아? 하지만 그놈들은 항상 남기잖아. 남은 걸 먹어야 하는 우리 입장도 좀 생각해 보라고 한마디해 주고 싶다니까."

"아아, 그래서 조금이라도 처분하기 쉽게 하려고⋯."

"음. 아니⋯ 실은 한 번 해 봤는데 실패했어, 그러니까 뭐, 안 만들었다는 말이 거짓은 아니야."

"⋯⋯."

어이없어하며 쳐다보자, 뮤리가 얼버무리는 것처럼 웃으면서 고개를 갸웃한다.

"아침부터 진수성찬이 나오고, 하기 싫은 청소를 하는 김에 맛있는 걸 먹고 술까지 마시면 이상적인 하루 아니야? 난 매일 그런 나날을 보내고 싶단 말이야. 응? 여보~"

또 꼬옥 안겨 들면서 어리광을 부리듯 가슴에 뺨을 비빈다. 꼬리도 기분 좋을 때 흔드는 식이기에 로렌스는 어깨를 툭 떨궜다.

"소박한 소망을 가진, 조신한 아내를 얻은 나는 참으로 행복한 놈이야."

"쿠후. 암, 그렇지, 그렇고말고."

비꼬는 게 어디까지 통한 건지. 속으로 중얼거렸다. 하지만 다른 누가 아닌 호로다. 로렌스가 비꼬는 말을 알아듣지 못할 리 없다.

그런데도 여전한 호로의 태도에 어이가 없기도 하고 쓴웃음이 나기도 하고.

로렌스는 호로의 등에 다시 팔을 감고 이렇게 말했다.

"그럼 우선은 양파부터?"

"어?"

"네가 쓰는 건 아~주 나중이 되어서야 읽을, 이 가게에서 보낸 나날의 기록이잖아?"

호로의 눈이 휘둥그레지고 귀와 꼬리의 털이 화르륵 부푼다.

"그게 아니면, 양파를 먹었다간 휘청하려나?"

짓궂게 웃으며 그러자, 호로는 입술을 세모꼴로 하고는 양다리를 콱 밟는다.

"나는 개가 아니야!"

로렌스는 태연한 얼굴로 흘려듣고 어깨를 으쓱여 둔다.

"크바스도 맛없는 검은 빵을 조금이라도 편히 처리할 수 있으면 도움이 되고, 재 청소도 검댕 청소도 귀찮으니까 뭔가 덤이 있었으면 하는 기분도 이해해."

호로는 놀림을 당해서 여전히 의심하는 눈초리였지만, 이윽고 로렌스의 말에 '그렇지?' 하는 투로 웃는다.

"하기 싫은 일을 즐거운 일로 바꾸면 그보다 더 큰 이득이 없지. 그게 하루하루를 즐겁게 사는 비결일 거야."

"음."

꼬리를 파닥대는 호로와 마주 웃은 뒤 로렌스는 "그럼." 하고
말했다.

"그럼, 양파와 크바스는 내일의 즐거움으로 남겨 두고 이제
그만 잘까?"

이미 꽤 늦은 시간이다. 밤늦도록 깨어 있는 이가 많은 뇨히
라에서도 다들 잠이 들었을 무렵이리라.

로렌스는 호로의 등에 둘렀던 팔로 가녀린 몸을 안고 침대를
향해 걸음을 내디딘다.

그러다 우뚝 멈춘 것은 호로가 버티는 탓에.

"호로?"

"멍청이."

하며 호로가 품 안에서 스르륵 빠져나갔다.

그리고 그런 모습을 의아하게 쳐다보는 로렌스는 아랑곳없
이, 침실 밖으로 나갈 때 늘 착용하는, 귀를 감추는 삼각건과 꼬
리를 가리는 허리싸개를 서둘러 두른다.

"당신은 돈 때문이라면 목숨도 아끼지 않는 상인이잖아?"

불길한 예감이 든다고 생각한 순간에는 준비 만반의 호로에
게 팔을 잡아끌리고 있었다.

"시간은 금이잖아. 게다가 내 이상적인 하루에는 해야 할 일
이 그렇게나 많으니까."

로렌스의 팔을 끌어안다시피 잡아당기며 책상 위를 턱으로

가리킨다.

거기에는 호로가 밤낮으로 매달려 쓴 종이 다발이 있다.

로렌스가 종이 다발에서 이내 곁에 선 호로에게로 시선을 돌리자, 호로는 여봐란 듯한 웃음을 생긋 지었다.

"…설마, 전부 실현할 생각은 아니지?"

호로의 웃음에 짓궂은 기색이 감돌고, 입술 밑에서는 늑대의 이빨이 엿보이며, 붉은 기가 강한 호박색 눈에는 수상쩍은 빛이 깃든다.

"나는 보리에 깃들어 그 풍작을 관장하고, 한때는 신이라 모셔졌던 현랑 호로이니까. 인간 세상에서는 예언이라는 게 찬양받잖아?"

딸아이인 뮤리가 사냥감에 덥석 달려드는 늑대라면, 호로는 어둠을 타고 뒤에서 덮쳐드는 늑대다.

"그게 아니면, 먼 미래에 홀로 남겨진 내가 저걸 읽고, 아아, 이런 일을 당신과 하고 싶었는데… 하며 훌쩍여도 된다는 거야?"

"윽."

호로의 특기인 우기기다.

이것을 딱 잘라 거절했다가는 되레 이쪽이 속 좁은 사람처럼 느끼게 만드는, 호로가 늘 쓰는 수법.

어때? 하며 이쪽을 보는 붉은 눈동자에 자신감이 철철 넘친다.

로렌스는 한동안 그 눈동자에 저항했지만, 팔을 붙잡은 손에 힘이 들어가는 것을 느끼며 포기했다.

호로가 기뻐하는 얼굴을 볼 수 있다면야, 결국 그건 나의 기쁨이니.

"단."

하고 덧붙일 수 있게끔 됐으니 나도 성장하긴 했다며 로렌스는 자신을 다독인다.

"마을에 난 소문이 말끔히 싹 사라지게끔 너도 노력해."

호로는 나이를 먹지 않고 언제까지나 어린 소녀의 모습 그대로. 앞으로도 비슷한 소문은 생겨날 테지.

우리만 진실을 알면 된다고 하기엔 로렌스도 아직은 너무 젊다.

게다가 남자의 체면 문제이기도 하니.

"쿠훗."

호로는 밀가루 더미가 무너지듯이 웃었다.

"그래, 알았어. 당신도 사내 녀석이니까."

호로가 내 손을 잡아 손등의 냄새를 맡고는 새끼손가락 밑동에 입을 맞춘다.

"내가 당신한테 반한 것처럼 보이게끔 행동 잘 할게."

그러는 호로를, 로렌스는 손을 확 당겨 끌어안았다.

"보이게끔이 아니라, 알 수 있게끔이지."

로렌스의 뚱한 표정에 호로가 눈을 껌뻑인다.

그런 뒤, 배짱 한번 좋다는 듯이 입술 한 끝만 올리고 환히 웃는다.

"아니. 반한 것처럼 보이게끔이 맞는 말이지. 나한테 반한 건 당신이니까."

"아, 그러셔? 그럼, 조금만 바빠져도 금세 뿌루퉁해서는 자기 좀 봐 달라고 졸라 대는 건 어느 집의 누구이시던가?"

"으윽!"

옥신각신 주고받으며 호로와 로렌스는 나란히 침실을 나선다.

눈썹을 치뜨고, 삐딱하게 입술을 뒤틀고, 상처에 소금을 뿌리는 빈정대는 말만 하면서도, 뒷손질로 조용히 문을 닫고 복도를 걸어갈 때는 서로 손을 맞잡고 있다.

"이래서 당신은 시간이 아무리 흘러도 멍청이라는 거야."

"이리도 자신을 모른대서야 현랑의 이름이 울겠다."

캄캄한 여관 안을 촛불도 없이 걷노라니, 호로와 만난 지 얼마 되지 않았을 무렵이 떠오른다.

좁은 짐마차 위에서 수없이 많은 밤을 지새웠다. 그때는 말다툼이 벌어지면 정색을 하며 서로에게 화를 냈고, 지금 생각해 보면 왜 그렇게까지 했나 싶을 만큼 감정을 폭발시키며 대판 싸웠었다.

이제는 좋든 싫든 그 시절의 기분을 고스란히 떠올리기는 불가능하다.

세월의 흐름이란 불가사의하고, 쌓아 온 수많은 경험은 잠이 든 새에 덮어 준 이불 수와도 같은 것. 지금이라면 그 어떤 추위도 견딜 수 있고, 자는 틈에 날아든 무기에 찔리더라도 날이 이불 밑까지는 닿지도 않으니 호로와 나를 갈라놓을 것은 없다고 확신할 수 있다.

그와 동시에, 그런 만큼 잃어 가는 감각도 있다. 그 무렵의 날 것 같은 감정은 멀리 떨어진 세계에 흐릿하게만 존재한다. 그것이 그립기도 하고, 잃어버린 것을 슬프게 여길 수도 있다.

하지만 물건을 살 때 돈주머니에서 사라진 화폐 개수를 한탄하는 건 멍청이나 하는 짓이다.

그 화폐로 산 물품이 훌륭하면 잃은 화폐 따윈 헤아릴 가치가 없다.

"하나로는 모자라지. 자, 이것 좀 받아. 나는 기름 단지를 가져올게."

식량 창고에 숨어들어 호로가 건네는 양파를 두 개, 세 개, 받아 들면서 로렌스는 웃었다.

"확실히 모자라긴 하네."

손에 넣은 호로와의 시간을 만끽하려면 웬만한 각오로는 턱도 없다.

"내친김에 맥주 항아리도 가져와."

어둠 속에서 또렷이 알 수 있을 만큼 호로의 눈이 빛났다.

"나쁜 건 당신이야. 한나한테 그렇게 설명할 거야."

여관 주인은 로렌스지만 취사장은 한나의 영역이다. 로렌스라도 훔쳐 먹었다가는 질타를 면치 못한다.

"그런 거짓말 해 봐야 숙취에 해롱대는 걸 보면 누구 짓인지 대번에 알걸?"

호로는 뺨을 불룩 부풀렸으나 푸홋 공기가 빠지자 깔깔대며 웃었다.

"그럼 시합해."

"술은 시합으로 마시는 거 아냐."

"호오? 도망치기야?"

"상대를 위해 진흙을 뒤집어쓰는 게 신사니까."

입술을 깨물며 뭐라 형용할 수 없이 즐겁게 웃는 호로와 서로 툭툭 친다.

어린애 같은 짓에 나이가 열, 스물은 젊어진 것 같다.

로렌스는 도둑이 단짝에게 속삭이듯 말했다.

"자, 점찍은 것들 얼른 챙겨. 들키면 골치 아파."

"당신은 헛간에서 점토를 가져다줘. 점토를 듬뿍 발라 구워야 달달하게 구워진다고 하니까. 많이 가져와."

"으흠, 그러면 꼭…."

로렌스는 거기까지 말을 하려다 만다.

호로가 어리둥절해했으나 웃음으로 때웠다.

"알았어. 그럼 벽난로 앞에서 집합."

"음."

그런 뒤 로렌스는 허리를 숙이고 호로는 까치발을 하여 가볍게 입맞춤을 나눈 뒤, 각자의 임무에 착수한다.

로렌스는 뒤편 헛간에 가면서 양파와 우리가 닮았다는 생각을 했다. 겹겹이 쌓아 온 경험이 두꺼우면 두꺼울수록 알맹이는 달달해진다. 달달함이 조금 지나친가 싶기도 하지만, 그 또한 한가지 재미다.

로렌스는 찾던 물품을 챙기고 서둘러 거실 벽난로로 향한다. 밤을 지새우는 손님도 없이 재에 덮인 붉은 숯이 치릭치릭 소리를 내고 있다. 호로도 때마침 와서, 얼굴을 마주하며 키득키득 웃는다. 그 어떤 말을 다 끌어와도 이 감정을 글로 담기는 불가능하다.

"호로."

"응?"

로렌스는 말을 보태지 않고 그저 담담히 웃었다. 호로도 뜻을 알아챘는지 말괄량이 소녀처럼 이를 내보이며 웃는다.

반복되는 일상 따윈 없다. 즐거운 일에 한계 따윈 없다.

그렇게 확신한, 산천초목도 모두 잠든 고요한 밤의 한 장면이었다.

늑대와 향신료

늑대와 파란 꿈

하늘의 푸르름이 짙어지고 숲에서는 초록의 향기가 넘친다. 일 년에 반 가까이가 눈에 덮여 있는 산중의 온천마을 뇨히라에도 여름이 왔다.

온천장 '늑대와 향신료'의 주인인 로렌스는 여름 공기를 한껏 들이마시는 한편, 다른 일로도 여름의 도래를 실감했다.

"…하여간에."

장부 작성에 쓸 잉크를 가지러 침실에 갔을 때였다. 문을 연 로렌스는 기가 차서 한숨을 지었다.

가게 안에서 아내인 호로의 모습이 보이지 않기에 어디에서 뭘 하고 있나 했더니 침실 침대에 한가로이 잠들어 있다. 침대 옆 책상 위에는 마시다 만 맥주가 놓여 있는 것으로 보아, 찔끔찔끔 마시며 누워서 하늘을 바라보다가 스르륵 잠이 들었으리라.

이 계절엔 나무창을 활짝 열어 놓으면 시원한 바람이 뺨을 쓰다듬고, 작은 새의 지저귐이 귀를 간질인다. 새파란 하늘에 뜬 구름을 느긋하게 바라보고 있노라면 세상 최고의 사치가 따로 없다.

그 한복판에서 호로는 얼빠진 고양이처럼 벌렁 드러누워 입은 반쯤 벌린 모습. 오른손은 배 위에 얹은 채 쿨쿨, 들숨날숨에 따라 배가 오르락내리락한다.

가만 보고 있자니 오른손으로 이따금 배를 긁는다. 로렌스는 피식 쓴웃음이 났다.

침대에서 자고 있는 것은 암만 봐도 나이 여남은 살의 소녀
라. 과년한 여자애가 조심성 없게, 라고 해야 할 참이나 공교롭
게도 호로는 겉모습대로의 소녀가 아니다. 호로의 참모습은 보
리에 깃들어 풍작을 관장하는, 높이 우러러봐야 할 만큼 거대한
늑대다.

그러니 머리에는 머리카락과 같은 아마색 털이 덮인 짐승 귀
가 달렸고, 허리에는 복슬복슬한 꼬리가 있다. 손질을 게을리하
지 않는 꼬리털이 지금도 나무창에서 들어오는 상쾌한 여름 바
람에 한들댄다.

그런 늑대다움은 귀와 꼬리뿐 아니라 잠자는 모습에서도 드
러난다.

호로는 추운 계절에는 늑대처럼 몸을 웅크리고 엎드려 자다
가 날이 따뜻해질수록 점점 몸을 뻗는다. 그러다가 이 계절에는
팔다리를 완전히 내던지고 드러눕는다. 무서울 것 하나 없이 그
저 이 세상을 구가하듯.

참으로 평화로운, 아니, 게을러 보이기까지 하는 광경이다.

본인이 자는 모습에서 계절의 도래를 확인한다는 것을 알면
호로는 화를 내겠지.

물론, 그랬다가는 매년 돌아오는 즐거움이 사라질 것이기에
로렌스는 주의 깊게 감추고 있다.

올해도 호로의 모습을 즐긴 뒤 침대 옆 책상에 눈길을 준다. 거기에는 종이와 깃털 펜이 나와 있고, 글자 옆에는 다소 서툰 그림이 덧붙어 있었다. 그제 수확해 온 까치밥나무 열매를 그린 것으로 종이 위에도 열매가 몇 알 굴러다닌다.

까치밥나무 열매는 생으로 먹지 못할 것은 아니지만, 턱에 금이 갈 듯 시다. 호로는 이따금 일부러 신 열매를 집어먹고 꼬리털을 배로 부풀리곤 한다.

이 계절에 수북이 모은 까치밥나무 열매는 설탕이나 꿀에 재거나 술을 담근다.

로렌스는 검은 열매 하나를 집어 손바닥 위에 놓고 굴렸다. 창밖을 바라보며 크게 심호흡한 후 호로가 자는 침대 옆에 걸터앉는다.

방심하여 전혀 눈을 뜨지 않는 호로의 잠든 모습을 잠시 바라보다가, 손바닥 위의 까치밥나무 열매를 손가락으로 집어 호로의 입술에 가만히 댄다.

짐승 귀가 쫑긋하고 눈꺼풀이 바르르 떨리기에 눈을 뜰까 했는데, 그런 조짐은 없다. 그러기는커녕 늑대 특유의 경계심은 간곳없이 입술을 꾹 다물지도 않았다.

먹보 현랑 님께서는 음식물이 입에 닿으니 자면서도 입술을 우물우물 움직여 생 열매를 꿀꺽….

"음냐… 음…."

열매를 꽉 깨문 직후.

"으으으윽~!"

하도 시어 소스라쳐 일어나시었다.

"우, 우웃… 으음. 이, 이거 뭐야?!"

벌떡 일어나다가 저도 모르게 삼켰는지 목과 가슴을 다급히 쓸어내린다.

흐트러진 모습을 감상하며 로렌스는 호로가 마시다 팽개쳐 둔 맥주를 건네준다. 호로는 살았다는 듯이 맥주를 마시다가 그제야 상황을 파악한 모양이다. 책상 위의 까치밥나무 열매와 침대 옆에 앉아 웃는 로렌스를 보면 연결은 어렵지 않다.

붉은 기가 도는 호박색 눈이 이글이글한다.

"…이이… 멍청이가!"

옛날 같으면 저런 서슬에 주눅이 들었겠지만 로렌스도 호로를 아내로 맞은 지 어언 십 년을 넘겼다. 물어뜯을 기세의 호로의 손에서 다 마신 맥주잔을 받아 든 뒤, 입 언저리에 묻은 흰 거품을 엄지로 닦아 준다.

"깼어?"

호로는 웃고 있는 로렌스를 노려보고는 로렌스의 손목을 양손으로 잡아 제 입 주위를 힘주어 벅벅 닦는다. 끝으로 손등을 깨물고 흥, 마뜩잖은 듯이 고개를 돌렸다.

"참 나, 뭐 하는 거야?!"

허세쟁이 호로는 불시 공격에 몹시 약하다. 도가 지나치면 정말 기분을 망치고 말지만, 가끔은 이런 호로를 보며 업무의 근심을 털어 버린다고 해서 천벌을 받지는 않겠지.

　로렌스가 머리를 쓰다듬으려 하자 호로가 손으로 치웠다.

　토라진 모습이 못 견디게 사랑스럽지만, 본격적으로 화를 내기 전에 이렇게 말했다.

　"일이 있어. 네가 나서야 할 것 같아."

　"……."

　눈을 흘기며 잔뜩 찡그린 표정을 보인 뒤, 호로는 한숨을 쉬고 침대에서 내려섰다.

　로렌스가 큼지막한 낡은 지도를 테이블 위에 펼치자, 먼지가 날려 호로가 재채기를 터뜨렸다.

　"크흥… 뭐야, 이건."

　코를 훌쩍이며 호로가 불만스레 묻는다. 그 말을 들은 로렌스의 얼굴은 더 불만스러워졌다.

　"기억 안 나?"

　"어?"

　어리둥절한 호로가 지도와 로렌스의 얼굴을 번갈아 본 뒤 "으." 하며 신음을 흘렸다.

"아아… 흐웃, 취! 크흥… 뭐야, 오랜만에 이런 걸 다 꺼내고."

이제야 생각난 모양이다.

펼친 지도에는 이런저런 글씨가 쓰여 있고, 일부에는 술 흘린 얼룩까지 있다.

이 지도는 로렌스와 호로가 이곳 뇨히라에 온천장을 차리기 전, 어디에 가게 터를 잡아야 할지 검토하려고 작성한 것이었다. 이른바 북방의 땅에 우리의 터전을 찾고자 했던, 왕년의 보물지도다.

"보물지도는 보물을 찾고 나면 더는 쓸모가 없으니까. 까맣게 잊고 있었어. 뮤리 녀석이나 가끔 들여다봤지."

수건으로 코를 닦아 주자 꼬리를 파닥대며 호로가 그런 소리를 한다.

"그런데 왜? 이게 뭐 어쨌다고? 설마 두 번째 가게를 차리려고?"

온천장 '늑대와 향신료'의 별관을 만들어 장사를 확대해 나간다…는 꿈을 꾼 것은 옛날이야기다. 지금은 이 여관을 소박하게, 그러면서도 그 어느 곳에도 뒤지지 않을 여관으로 꾸리는 게 중요하다.

"아니, 너한테 부탁하고 싶은 건, 여기서부터, 여기."

하며 로렌스는 뇨히라 마을에서 서쪽을 향해 손가락을 미끄러뜨렸다.

첩첩산중에 마을이라 부르기도 뭐한 집락조차 있지 않은, 깊은 숲이 이어지는 지역이다.

"이 사이를 잇는 길을 찾아 주었으면 해."

"길?"

의아하여 되묻는 호로에게 로렌스는 말했다.

"늑대 모습으로 수없이 왔다 갔다 했잖아?"

"그러긴 했지만… 아니, 그러니까. 이런 데에 길 같은 건 없어."

로렌스가 가리킨 것은 온천마을 뇨히라와 어느 곳을 잇는 직선이었다.

그 앞에 있는 것은 한 채의 건물. 한때는 뇨히라의 경쟁 상대가 되는 게 아니냐는 의심을 산 곳이다.

"알아. 그래서 이제부터 열려고. 그런데 어디가 걷기 편한지 힘든지 너는 알잖아? 그리고 또 한 가지."

로렌스는 호로의 늑대 귀 끝을 손가락으로 톡 쳤다.

"숲 주민들한테도 여기만큼은 사람이 들어오지 않았으면 하는 곳이 있을 거 아냐."

그 말에 호로는 미간을 찌푸리며 입술을 삐죽이듯 다문다.

붉은 기가 도는 눈동자가 로렌스를 노려보는 것은, 왜 또 귀찮은 일을 가져왔느냐는 뜻일 테고.

"귀찮은 일은 왜 가져와서는."

예상했던 말이 호로의 입에서 나오자 로렌스는 맥없이 웃고 어깨를 으쓱였다.

"그리고 이건 그거잖아? 세림과 권속 놈들이 만든 여관인지 뭔지랑 이어지는 길. 괜찮겠어? 당신네가 하는 장사의 경쟁 상대인 것 같은데."

세림은 가게 일을 돕고 있는 젊은 처자인데, 이 처자 또한 사람이 아니다. 호로와 같은 늑대의 화신으로, 마찬가지로 늑대의 화신인 오라비, 동료들과 함께 안전한 땅을 찾아 남방에서 북으로 올라왔다. 우여곡절 끝에 세림은 로렌스네 가게에서 일하게 되었지만, 세림의 오라비인 아람 일행은 그렇지 않았다. 그들은 뇨히라에서 서쪽으로 산을 넘어간 곳에서 수도사인 척하며 성인의 기적 이야기가 담긴 여관을 운영하기로 했다.

그런 아람 일행이 그곳에 둥지를 틀었다는 소문에 뇨히라 온천장 주인들이 경쟁 상대가 출현한 줄 알고 술렁인 일이 기억에 새롭다.

하지만 세림의 오라비인 아람 측에 그럴 의도는 없었고, 애초에 그들이 꾸린 여관은 뇨히라에 맞설 만한 수용 능력과 온천 시설이 있지도 않다.

게다가 여동생인 세림이 로렌스 밑에서 일하기도 하고, 무엇보다 그들에게는 호로의 존재가 크다.

어느 것 하나를 봐도 아람이 이런 부탁을 해 올 만했다.

134

―저희 여관에 온 순례객을 뇨히라 온천장에서 받아 줄 수 있으신지요?

　로렌스는 그 청을 받아들여 뇨히라 온천장 주인들이 모인 회합에서 보고했다.

　매사에 보수적인 이들이지만 장사에 맹목적이진 않다.

　온천객을 다투는 것도 아니고, 오히려 순례를 하러 온 손님이 뇨히라에도 와 준다면 결코 나쁜 제안은 아니라며 이해해 주었다. 또한, 아람 일행의 여관과 뇨히라가 연결되면 뇨히라에 온 손님들에게도 재미 하나가 더 느는 셈이다. 장기 투숙객의 무료함을 어떻게 달래느냐는 온천장 주인들의 수완이 달렸지만, 괜찮은 생각이 펑펑 솟아나지는 않는다. 그뿐 아니라, 새로운 순례 장소가 생겨서 손님이 며칠간 구경 삼아 그리로 나들이를 가 주면 그동안은 여관 일도 편해진다.

　회합에서는 만장일치로 찬성이었으나 문제가 있었다.

　"그게, 길이라고?"

　"짐승들이 다니는 길이라도 있으면 다행인데, 거기도 멋대로 썼다가는 숲 주민들에게 폐가 가잖아."

　팔짱을 낀 호로가 목을 그르릉대며 귀를 쫑긋쫑긋 바삐 움직인다.

　숲에는 숲의 규율이 있다고 하니, 원만한 해결이 쉽지는 않으리라.

거대한 늑대의 모습으로 돌아가 힘으로 밀어붙이는 것은 호로의 성미에 맞지 않기에 더더욱.

"사람 걸음으로는 하루에 갈 수 있는 거리가 아니니까 도중에 숙박용 오두막도 있어야 해. 근방에 곰 굴이 있거나 사슴 지나는 길이 있으면 피차 문제 아니겠어? 너라면 어떻게 해야 할지 알 것 같아서."

"으~…."

호로는 끙 소리를 내다 숨을 크게 들이마시더니 어린애처럼 다리를 내던졌다.

"세림에게 시키면 안 돼? 내 대리라고 하면 숲에 있는 놈들도 납득할 거야."

세림도 늑대의 화신이니 이 일을 못 할 리는 없다.

하지만 세림은 여관 업무에 꼭 필요한 인원이다.

아침부터 저녁까지 여관의 자잘한 일을 혼자 맡아 처리하고, 밤에는 밤대로 촛불을 의지해 잘 연마한 유리조각인 안경을 쓰고 서류 업무도 열심히 해 준다.

속마음을 대놓고 말하자면, 기분 좋은 이 계절에 청량한 바람이 유혹하는 대로 침대에 누워 낮잠만 퍼질러 자는 호로는 세림의 반쯤밖에는 도움이 되지 않는다.

물론 이런 말을 했다가는 일가의 위기가 도래할 것이 눈에 선하므로, 로렌스는 행상인 출신답게 지혜를 짜냈다.

"꼭 너한테 부탁하고 싶은 이유가 있어."

"…흥?"

그래 어찌 둘러댈지 들어나 보자는 투로 호로의 의심 많은 눈이 쳐다본다.

로렌스는 한층 순순한 태도로 호로에게 귀엣말을 하듯 말문을 열었다.

"뇨히라에 온천 치료차 오는 손님 중엔 고령인 사람이 많잖아? 아람네 여관까지는 대부분 걸어서 가야 하고."

"…그건, 나도 노인이란 뜻이야?"

연세 수백 살 잡수신 호로.

입술 밑으로 뾰족니가 번뜩 보였으나 물론 로렌스는 당황하지 않고 말을 덧붙였다.

"아니야. 세림에게 맡기지 않는 건, 네 그 모습 때문이야."

"…어, 뭐?"

로렌스는 호로의 뺨에 손을 대고 엄지로 눈꼬리를 문지른 뒤 머리를 토닥였다.

눈앞에 있는 것은 얌전히만 있으면 앳되게 느껴지기도 하는 소녀 같은 호로다.

"새로운 길을 개척하는 건 쉽지 않은 작업이라서. 우선 길의 수순을 정하는 것만으로도 다툼이 생기잖아. 한없이 늘어지는 회합 회의에 맡겼다가는 길이 언제나 생길지 모를 일이야. 하지만 이런 몸으로도 걸을 수 있는 길이라면 뇨히라 손님 대부분이 걸을 수 있겠지. 그러니까 이 길로 해야 한다고 설득할 수 있지 않겠어?"

호로는 제 몸을 내려다보고는 왠지 몹시 연약한 윗눈질을 한다.

로렌스는 없는 힘까지 모두 쥐어짜 말에 힘을 실었다.

"세림보다 네가 더 귀여우니까. 마을 사람들에게 주는 설득력이 다르지."

"……."

붉은 기가 도는 호로의 호박색 눈이 잠자코 물끄러미 로렌스를 바라본다. 아름다운 보석 같은 눈동자가 한 번 깜빡이지도 않다가 불현듯 눈을 감는가 싶더니 시선을 피했다.

"흥."

호로는 나직이 코웃음을 치고 입술을 조금 샐쭉한다.

귀와 꼬리가 기쁜 듯이 파닥대고 있었다.

"당신은 입만 살았다니까. 그래, 그 말에 속아 줄게."

못마땅한 체하는 호로에게 로렌스는 지극히 공손하게 고개를 숙인다.

"고마워."

호로는 로렌스를 곁눈질하며 다시 코웃음 치더니, 눈을 감고 어깨를 로렌스 쪽으로 쓱 내민다.

로렌스는 어허허 웃고는 자기랑 놀아 달라는 늑대를 꼭 끌어 안았다.

"그럼, 내가 적당히 길이 될 만한 데에 선을 그으면 되는 거 야?"

"아니, 마을의 사냥꾼, 벌목꾼, 그리고 아람 측도 동행할 거니 까, 가서 답사하고 와 줘."

품 안에서 기분 좋은 듯 눈을 가늘게 뜨고 있던 호로가 이내 까칠한 표정을 짓는다.

"뭐야, 다른 놈들도 같이 가? 남들 눈에 별로 띄고 싶지 않은 데. 당신도 곤란하잖아."

호로는 사람이 아닌 존재라 나이를 먹지 않는다. 이 마을에 온 지 어언 십여 년. 되도록 모습을 드러내지 않는 것은 그런 면을 무마하기 위해서였지만, 또 다른 이유도 있다.

호로는 퍽 낯을 가린다.

"부탁할게. 나는 이제야 이 마을의 일원으로 인정받기 시작했 는데, 이참에 아내인 네가 잘 해 주면 마침내 완벽하게 동료가 되는 거야."

무리 지어 사는 늑대인 호로는 이런 이야기에 한층 민감하다.

게다가 아무에게도 인사를 받지 못한 채 홀로 오래도록 마을 보리밭의 풍작을 관장한 경험도 있는 호로는 소외감을 안고 사 는 괴로움을 잘 안다.

얼굴에는 솔직히 싫어하는 빛을 나타내다가도 결국엔 어깨를 늘어뜨리고 한숨을 지었다.

"어휴… 난 진짜 귀찮은 곳에 시집왔다니까."

"큰 도움이 돼. 고마워."

로렌스가 재차 끌어안자 호로가 꼬리를 반갑게 흔들었다.

"뭐, 가끔은 당신과 산책을 하는 것도 나쁘진 않지."

그렇게 말하면서 웃음 짓는 것을 보자 로렌스는 죄책감이 들었다.

호로는 물론 그 기색을 알아채고 어리둥절했다.

"어… 으?"

"미안…. 나는 가게에 남아야 해."

호로의 눈이 살짝 커지고 입을 다문다. 짐승 귀가 서글프게 떨렸다가 축 늘어진다.

함께 산책할 수 있다고 기뻐하던 사랑스러운 호로에게 뭐라 말을 해야… 하다가, 꼬리털이 부푼 정도를 보고 한숨을 짓는다.

"너 진짜, 연기로라도 그런 거 하지 마."

그러자 이내 거품 꺼지듯 호로의 얼굴에서 슬픔의 색이 가셨다.

대신 자리한 것은 싸늘한 눈빛.

"흥. 나를 산으로 쫓아낸 사이 당신은 뭘 하려나 싶어."

"적어도 맥주를 찔끔대며 침대에서 낮잠을 자고 있지는 않겠지."

물론 넌지시 빗대어 한 소리임은 호로도 아니까, 울컥하여 노려본다.

"아니면 네가 내 일을 할래? 빨리 끝내야 하니까 제대로만 해 준다면야 그래도 되는데."

"으… 다, 당신 일?"

온천장의 일은 여관을 유지하기 위해 매일 반복하는 작업과 계절마다 하는 작업으로 나뉜다. 특히 후자는 수확이니, 보존식품을 위한 가공작업이니 등등으로 귀찮은 일이 많다. 이맘때는 어떤 일이었더라 하며 호로가 생각해 내려 애를 쓰기에 로렌스는 이렇게 말해 주었다.

"손님들 기념품용 유황가루를 볕에 말려야 해."

"앗."

솟구치는 온천에는 노란빛을 띤 유황가루가 녹아 있다. 보통 유황과는 조금 달라서 관절통, 부종, 절상 등에 쓰면 효과가 있다고 한다. 효능을 믿는 손님은 그 가루를 뜨거운 물에 타서 먹기도 한다. 로렌스는 과거에 시험해 봤다가 배앓이를 한 경험이 있어 적극적으로는 권하기가 좀 그렇지만, 손님이 원하신다면야 갖춰 두는 게 상인이다.

하지만 온천이 솟는 원천 부근에 고인 유황가루는 일단 질그릇 항아리에 담아 물만 뺀 후 볕에 말려야 한다. 손님들 대부분이 사고 싶어 하니 그 준비도 큰일이다. 그렇다고 장작으로 불을 때서 가루를 말렸다가는 엄청난 적자이니, 맑은 날이 많은 여름 이맘때에 한꺼번에 만들어 두어야 한다. 그리고 그 준비가 또 만만치 않다.

물 빠진 젖은 유황가루는 묵지근해서, 항아리 속에서 굳은 가루를 저으려면 한 고생이다. 그런 뒤 그것을 아마포 위에 막대로 잘 부숴서 펼쳐 놓고 말리고, 이번에는 다 마른 가루를 모아 담고, 이런 작업을 연신 되풀이한다.

호로라면 세 번쯤 하고는 죽는소리를 할 게 뻔하다.

로렌스가 호로의 얼굴을 지그시 응시하자, 머릿속으로 손익의 저울질을 하던 호로가 불현듯 웃으며 이렇게 말했다.

"…뭐, 나도 이 온천장의 일원이니까. 우리가 이 마을의 동료가 될 수 있게끔 열심히 해야지."

산행이 차라리 낫다는 결론을 낸 모양이다.

로렌스가 다소 냉담한 눈빛을 주자 호로는 불만 있느냐며 노려본다.

물론 할 일을 해 준다면야 불만은 없다.

로렌스는 어깨를 으쓱이고 한숨을 쉬었다.

"맛있는 것 좀 만들어 놓으라고 한나에게 말해 둘게, 잘 부탁한다."

그러자 손등을 꼬집었다.

"멍청이. 내가 항상 그렇게 먹을 것에 혹할 줄 알아?"

"그럼 필요 없어?"

"그렇다는 게 아니라."

흥, 코로 한숨을 쉬는 호로를 보며 로렌스는 짓느니 쓴웃음이었다.

늑대인 호로의 등에 짐을 묶어 준 적은 몇 번 있어도, 사람의 모습에 그렇게 한 적은 별로 없던 것 같다. 필기도구와 점심밥을 담은 배낭을 지워 준 뒤, 산길에서 방해가 되지 않도록 끈을 단단히 묶어 둔다.

그런 뒤에는 다른 마을 사람과 행동을 함께하기에 귀와 꼬리를 가려야 했다. 귀는 후드를 쓰기로 했는데, 문제는 꼬리다.

비슷한 것 속에 섞어 놓는 게 눈속임엔 그만이니 북슬북슬한 털가죽 허리싸개를 준비했다. 여름이어도 해가 들지 않는 숲속은 꽤 추우니 안성맞춤이리라.

나머지는 호로가 행동하기에 달렸고, 의심을 산 때에는 말주변을 믿는 수밖에.

"그럼 부탁할게."

"음."

외출용 옷을 걸친 호로는 뜻밖에 싫은 표정이 아니라 오히려

의욕이 나는 듯했다.

출발할 때는 까치발을 하며 대놓고 얼굴을 내밀기에 로렌스는 어허 참, 하며 호로의 뺨에 입을 맞췄다.

"쿠후. 얌전히 잘 있어?"

외로움 타는 응석받이가 누군데, 하며 로렌스가 쓴웃음을 짓자, 호로는 뾰족니를 살짝 내보이며 웃고는 가게 앞 언덕을 내려갔다. 잠시 후 마을 사냥꾼들과 합류하고, 수도사 차림의 아람이 고개를 깊이 숙인다. 호로가 마지막으로 크게 손을 흔든 뒤 보이지 않게 되었다.

딸인 뮈리에게 처음 심부름을 시켰을 때와 또 다르다. 묘한 감상에 로렌스는 맥없이 웃었다.

"저어, 로렌스 님."

하고 뒤에서 말을 건다.

비스듬한 뒤편에 서서 호로를 함께 배웅하고 있던, 로렌스네 여관에서 일하는 처자, 세림이다.

"역시 제가 가는 게 낫지 않았을까요…."

어깨까지 오는 연한 머리색, 늑대의 모습으로 돌아가면 실로 장엄한 하얀 털을 가진 세림은 송구해하는 얼굴이 몹시 어울린다.

예전에 호로에게, 당신은 박복한 계집애가 취향이지? 하며 심하게 놀림을 당한 처지라 세림을 대할 때는 조심해야 한다.

"아니에요. 요즘 저 녀석이 일을 영 등한시하고 있거든요. 세림 씨가 없으면 가게가 돌아가지 않게 돼요. 저 녀석 낮잠 자는거, 세림 씨도 알죠?"

세림은 조금 송구한 듯이 어깨를 으쓱였으나 이내 호로의 모습이 떠오른 모양이다.

순순히 고개를 끄덕거리려다 황급히 가로저었다.

"아, 아니요. 저는 일을 하는 게 좋고, 호로 님도 중요한 부분에선 흔쾌히 도와주세요."

"바로 그 점이 문제라니까요. 아무래도 저 녀석은 배만 안 가라앉으면 된다고 생각하는지, 좀 더 빨리 노를 저으려는 기개가 부족해요."

아등바등 애쓰는 로렌스가 오히려 더 이상하다는 투다.

끙 소리를 내는 로렌스에게 세림은 난처한 듯 웃고는 느릿느릿 이렇게 말했다.

"어쩌면 그게 오래 사는 비결인지도 모르지요."

양쪽 체면을 모두 세워 주려 하며 담담히 웃는 세림은 참 좋은 처자다.

"하긴 그렇지요. 저울의 한쪽에만 추를 얹으면 기울어지니까요."

"예."

생긋 웃는 세림에게 로렌스도 웃음으로 답한다. 호로가 곁에 있었으면 샛눈으로 노려보았을 것 같은데, 웃음을 무기로 쓰지 않는 솔직한 세림을 조금은 본받았으면 좋겠다.

"아, 그리고 로렌스 님께 보고 드릴 말씀이."

배웅도 마쳤기에 가게로 돌아가려는 참에, 걸음을 내디디며 세림이 말했다.

"어젯밤 수익 계산을 정리했는데요."

"계산이 안 맞아요? 아니, 설마 적자였나요?"

안경을 얻은 후로 세림은 쓰기 읽기 능력이 착착 올라가 순식간에 콜과 같은 일을 맡길 수 있게 되었다.

마구잡이로 일을 하는 게 아니라, 꼼꼼히 착실하게 업무를 쌓는 성격인 세림은 특히 장부를 맡기기에 적합했다.

"아니요, 화폐 이야기예요."

그 말을 듣자마자 로렌스는 바로 이해했다.

"아아… 잔돈…."

한숨 섞인 말에 세림은 송구한 듯이 어깨를 옹송그린다.

"물품 구매 때 지불을 각종 은화로 해 봤지만, 아무래도 잔돈이 모자라서…."

"세림 씨 책임이 아니에요."

로렌스는 그런 말로 세림을 안심시킨 뒤 머리를 긁었다.

"회합에서 그 건도 나오긴 했어요. 올해는 어느 지역이나 장사가 잘돼서 화폐가 동이 났다네요."

"그럼… 한동안은 해결이 안 된다는?"

목을 움츠리며 윗눈질로 묻는 세림은 앞으로 지불할 돈을 어떻게 해야 할지 고심하는 듯했다.

"큰 물품은 어음을 써서 넘기기로 하고… 자잘한 지불이나 손님들 환전용이지요?"

특히 손님들의 환전 요구가 크다. 온천 치료차 장기 체류하는 그들의 즐거움 중 하나는 온천에서 펼쳐지는 무희며 악사의 공연이다. 시간이 남아돌아 심심한 호색 노인들은 아리따운 무희의 땀에 젖은 살갗에 팔락팔락한 동화를 정표로 붙여 주면 돌아오는 생긋 웃음을 삶의 보람으로 여기곤 한다.

그것 말고도 뇨히라 마을에는 집에서 담근 술이나 과자를 팔러 다니는 사람들이 있는데, 주전부리를 하려면 잔돈이 있어야 하고, 거느린 종자가 있으면 용돈도 주어야 한다.

잔돈이 없으면 여러 사람이 불편하다.

"대안을 모색해 볼 테니 그동안은 어떻게든 버텨 봐요."

"알겠습니다."

순종적인 처자라 싫은 낯빛 하나 없으나, 환전 문제로 손님의 집중 공격을 받는 것은 세림이다. 로렌스의 입장에서는 미안해서 마음이 괴롭다.

머리를 꾸벅 숙인 후 일을 하러 돌아가는 세림을 지켜본 뒤 한숨을 쉬었다.

"대안… 대안이라."

로렌스는 허리에 손을 얹고 하늘을 우러렀다.

깊은 산중에 자리한 뇨히라에서도 더 깊숙이 들어와 있는 여관이다. 제대로 된 인근 도시는 강 넘고 산 넘어 며칠 걸리는 거리에 있다. 화폐 문제에는 큰 도시의 환전상도 골머리를 앓는데, 이런 산중 온천장의 주인에게 해결책이 있을 턱이 있겠는가.

건물 건너편 탕 쪽에서는 악기 음색과 손님들의 흥겨운 소음이 들려온다.

저 웃음과 소음을 끊이지 않도록 하는 것이 여관 주인인 로렌스의 임무다.

이곳은 나와 호로가 꿈꿔 온 보금자리이니 포기한다는 선택지는 없다.

"그나저나 이 세상은 꿈을 꾸기도 쉽지 않구나."

로렌스는 씁쓰레 웃으며 중얼거린 후, 일을 하러 돌아갔다.

마을 회합은 여름과 겨울 성수기에는 월에 한 번. 그 외의 한가한 계절에는 두 번 열린다. 그에 더해, 무슨 문제가 있으면 그때그때 모이는 형식이다.

보통은 일찌감치 주인들의 음주회로 변하는 게 상례인데, 최근 몇 차례는 비교적 진지한 이야기가 오갔다.

"음…. 그럼, 성(聖) 세림 여관까지 길을 내는 건 일단 순조롭게 진행되고 있는 것으로."

아내인 호로가 참여하기도 해서 로렌스가 길 답사 건에 관해 보고했다. 어느 즈음에 길을 내야 할 것이냐의 안건 또한, 호로와 같은 젊은 여자도 걸을 수 있다는 점이 유효했는지 여관 주인들은 딱히 반대하지 않았다.

또한, 아람네 여관의 이름은 결국 '성 세림 여관'으로 정해졌다고 한다. 해당 지역에서 성녀가 은으로 탈바꿈해 잠들어 있다는 기적을 연출할 때, 세림이 대주교에게 본인 이름을 그대로 댔으니 어쩔 수 없다.

그런데 로렌스의 여관에서 일하는 처자의 이름 역시 세림이라고, 설마 둘이 동일인물이라고는 아무도 생각지 않으리라.

"길 개척을 위한 비용 분담, 벌목한 목재 매각, 오두막 건설비용 등에 관해서는 추후 논의해도 되겠습니까?"

이의 없다며 다른 여관 주인들이 입을 모은다. 겨울만큼은 아니어도 사람들의 자주 들고나는 여름철에 돈 이야기를 해 봐야 혼란스러울 뿐이다. 성수기에는 어느 여관이나 자기네가 얼마나 벌고 있는지 거의 파악 못 하고 있을 테니.

"그럼, 이제 남은 의제는…."

하며 의장이 입을 얼버무린다.

"우리가 처한 심각한 잔돈 부족에 관해서요."

"스베르넬의 환전상은 뭐랍니까?"

누군가가 기다렸다는 듯이 목청을 높였다.

스베르넬은 뇨히라가 다양한 물자 구입을 의존하는, 이 북방 지역에서는 교통의 요지인 도시다. 화폐가 남든 부족하든 일단은 스베르넬의 환전상을 통해 해결한다.

"우리한테 넘기기는커녕 화폐를 더 건네 달라고 할지도 몰라."

"봄에 그렇게나 나갔는데?"

뇨히라 마을은 겨울철 성수기가 끝나면 마을 온천장에서 받은 대량의 화폐를 스베르넬의 환전상에게 가져가는 것이 관행이다. 봄에는 겨우내 정체되어 있던 장사가 일제히 시작되는 영향으로 화폐 가치가 오르니 도시로 화폐를 가져가면 톡톡한 벌이가 된다.

"데바우 상회 쪽은?"

그 물음은 로렌스를 향해. 북방 일대의 경제에 지대한 영향력을 가진 한편, 가장 사용 빈도가 높은 화폐를 주조하는 데바우 상회와 로렌스는 행상인 시절부터 친분이 깊다.

"편지로 문의했는데, 여름철에는 어느 광산이나 해빙수가 나오기 때문에, 즉시 화폐 주조에 들어가기는 어렵다고 합니다."

화폐를 두드릴 타각 망치가 있어도 원료가 될 지금(地金)이 없으면 화폐는 만들 수 없다.

데바우 상회는 광산을 보유하고 있으나 산출이 그에 미치지 못하고 있으리라.

"뭐, 타각 망치를 쥔 곳은 어디나 지금을 확보하려고 혈안일 테지. 이런 상황에선 화폐를 만들면 돈을 벌 테니."

"아아, 반짝반짝한 은화를 본 지가 언제인지!"

"단골 상인들도 최근에는 모두 어음만 내놓으니 장사하는 맛이 안 난다고 투덜대더군."

어음은 종이에 금액이 쓰인 증서의 일종이다. 무거운 화폐를 일일이 들고 다니지 않아도 되는 편리함이 있는 한편, 그 어떤 거금도 종잇조각 하나에 지나지 않는다. 고마움이 느껴지지 않는 그 기분, 로렌스도 안다.

"무희에게 주는 정표도 어음으로 줄 수 있으면 좋으련만."

누군가의 농담에 다들 웃는다.

"종잇조각이 화폐 대신이라 말을 해도 무희들은 빙긋하지도 않을 테지."

아무리 낡았어도 화폐는 모양새가 화폐이니 다들 가치를 인정한다.

"그럼 우리가 할 수 있는 일이라고 해 봐야 무희나 악사, 단골 상인, 봇짐장수들에게 쏠린 화폐를 어떻게든 쓰게끔 해서 회수하는 정도인가."

그들도 눈치가 빠르니 손에 들어온 화폐를 어디로 가져가야 가장 득이 될지를 안다.

아쉽게도 뇨히라는 그 후보에 들지 못해 화폐는 밖으로 흘러
나간다.

"아니면, 우리가 춤추고 노래하든지."

그 농담에 한층 더 큰 웃음이 터진다.

하지만 반쯤은 자포자기에 가까운 웃음인 것은, 눈앞의 화폐
부족에는 속수무책이기 때문일 것이다.

"결국 버티는 수밖에 없는 건가."

의장의 지친 한마디에 여관 주인들의 탄식이 얹힌다.

갑갑한 침묵이 흐르기 시작한 그때였다.

"우리가 춤추고 노래할 수는 없을지 몰라도."

하며 말문을 연 주인이 있었다. 뇨히라에서 가장 맛있는 음식
을 낸다는 온천장의 주인이다.

"잔돈을 긁어모을 테니 가져오라는 행사가 있지 않았소? 그거
는 되지 않을까?"

그런 게 있었나, 하며 주위가 웅성웅성한다.

로렌스도 고개를 외로 꼬고 있자, 말을 꺼낸 여관 주인이 로렌
스에게 시선을 돌린다.

"왜, 로렌스 씨가 제안한 그거 있잖소?"

"옛?!"

즉시 로렌스에게 이목이 쏠렸다.

"가짜 장례식 말이오."

얼굴이 화끈해진 것은 창피해서가 아니다.

기뻐서다.

"아아, 아직 살아 있는 사람을 관에 넣어서… 였던가?"

"그러고 보니 그런 제안이 있었지. 재미있을 것 같았는데, 그 거 어떻게 됐었지?"

사람은 죽음을 직면하지 않고서는 사랑하는 사람에게도 중요한 말을 하지 못한다. 그렇다면 아직 살아 있을 때 장례식을 거행해 평소에는 하지 못할 부끄러운 말을 전할 수 있게 하는 행사를 해 보자는 제안이었다.

뇨히라는 여름과 겨울에 온천객이 몰리고 봄가을은 한산하니, 그 한가한 시기에 사람을 불러들일 방법이 없을까 하는 생각에 로렌스가 제안했었다.

시험해 보니 비용도 크게 들지 않고 반응도 좋았으나, 매사에 보수적이고 엉덩이가 무거운 것이 온천장의 주인들. 준비다 뭐다 할 것이 귀찮기도 하고 책임지기도 싫어 흐지부지되어 버렸다.

로렌스의 입장에서는 자신이 귀찮은 일을 떠맡더라도 하고 싶었으나, 마을 내에서 가장 신참이라 너무 나댔다가 미운털이 박힐 수도 있기에 물러섰던 것이다.

그리고 어느 결엔가 잊고 있었는데, 뜻밖의 부활이다.

"장례식이라면 동물기름으로 만든 초를 팔 수 있고, 기부상자를 돌리면 무희, 악사, 단골 상인들도 잔돈을 낼 수밖에 없지. 유흥이니까 아주 조금 성의껏만 내면 된다고 여기는 게 핵심이야. 물론 은화를 넣는다면야 그건 그것대로 돈벌이가 될 테고."

다들 옳거니… 하는 표정으로 고개를 끄덕인다.

그러자 의장이 짝짝 손뼉을 쳤다.

"확실히 일석이조로세. 여름부터 상황이 이러면 겨울에는 화폐 사정이 더 악화될 게 불을 보듯 뻔하지. 그럼, 당장은 무리라도 가을에는 개최할 수 있도록 검토해 보는 것은 나쁘지 않겠는데, 어떠시오?"

평소에는 사소한 일조차 무엇 하나 결정하지 못하는 회합이지만, 좁은 마을이니 무언가가 결정될 때는 또 한순간이다. 찬성, 이라는 음성과 함께 손이 들리고, 로렌스는 자신의 제안이 마을에 받아들여진 순간을 목격했다.

"그럼 그렇게 하는 것으로 결정하고. 그렇더라도 지금 당장 결정해야 할 사항들은 없으니 일단은 성 세림 여관 건이 정리된 후로."

해야 할 일은 산더미다.

웅성웅성 시끄러워진 가운데 로렌스는 제안해 준 온천장 주인에게 눈짓을 보낸다.

상대는 이내 로렌스의 시선을 알아챘고 의미도 깨달았는지 어깨를 으쓱였다.

손님을 위한 식사 연구를 게을리하지 않는 주인이니, 어디까지나 로렌스와는 상관없이 유용할 것 같아 제안했을 뿐이라는 뜻이리라.

하지만 어찌 되었든 로렌스는 기뻤다. 이로써 자신도 이 마을의 원 안에 한 걸음 더 들여진 것이니.

"그럼 오늘은 일단 여기에서 마치고, 회식을 시작할까요? 올해 첫 과실주의 결과도 확인해 보고 싶은 참이니."

온천장 주인들에게서 동의하는 박수가 나오고, 다들 서둘러 회식 준비를 시작한다.

겨울만큼은 아니어도 여름에도 바쁘기 때문에, 회합을 하면 대낮부터 술을 마실 수 있어 이때를 가장 큰 즐거움으로 삼는 이들이 많다.

"올여름에는 버섯도 많이 땄지. 이봐, 숯 준비는 어때?"

식자재와 술통이 우르르 운반돼 들어온다.

회식 자리는 늘 신경이 쓰였으나 오늘은 즐겁게 마실 수 있을 것 같다.

붉은 얼굴로 돌아가면 호로가 화를 내겠지만 오늘 하루쯤은 용서해 주겠지 했다.

화폐 문제가 암운처럼 드리운 한편, 아람네 여관과 길을 잇는 답사 작업은 순조롭게 진행 중인 듯하다.

"그런데 말이지, 앉을 때는 항상 신선한 풀을 베어 와서 깔아 주고, 작은 절벽을 넘을 때도 남자들이 업어 주고, 가끔은 근방에 있는 나뭇가지로 간이용 가마를 만들어서 그 위에 앉혀 끌어 올려 주고 그런다니까."

엎드려서 꼬리를 슬렁슬렁 흔들어 대며 호로는 로렌스가 다리를 주물러 주는 와중에 그런 이야기를 즐겁게 늘어놓았다.

"마치 공주가 된 듯한 기분이었어. 가끔은 그런 것도 나쁘지 않더라."

지금도 이렇게 공주처럼 정성스럽게 받들고 있지 않느냐, 는 말을 로렌스는 되삼켰다. 여하튼, 길 답사에 함께 간 아람과 사냥꾼들과 죽이 맞았는지 즐거워하고 있는데 굳이 기분 상하게 할 까닭은 없으니.

"아람이라는 녀석도 처음엔 무례한 애송이라고 생각했는데 꽤 괜찮더라고. 숲속에서는 나름대로 쓸 만해. 사냥꾼도 인간치고는 솜씨가 좋은 편이고. 숲의 규칙도 잘 지키고. 내가 없어도 문제없을 거야."

웬일로 호로가 남의 칭찬을 다 한다. 어쩌면 이런 평가는, 오늘 답사에서 돌아온 호로가 허리춤에는 토끼를 세 마리쯤 달고, 등에는 제 얼굴만큼이나 큰 맛있는 갈색 버섯을 수북이 지고 와서일 수도 있겠지만.

"그럼 길도 틀 수 있을 것 같아?"

"음… 으~ 좀 더 세게…."

많이 걸어 지친 것은 분명한지, 다리 뒷부분을 세게 주무르자 꼬리털을 곤두세우며 신음을 흘린다.

"하흐으… 그런데, 당신은 어땠어?"

베개를 껴안듯이 엎드린 호로가 그 자세 그대로 물었다.

"어땠느냐니, 뭐가?"

"오늘 회합하는 날이었잖아?"

평소에는 회합이 어땠는지 묻지 않는다. 기본적으로 로렌스가 과음을 했을 때 빼고는. 냄새가 그렇게 많이 남았나 했는데, 호로의 꼬리가 재주 좋게 구부러져 로렌스의 손을 딱 때린다.

"멍청이. 당신이 들떠 있는 것쯤은 알아."

눈을 감은 채로도 뭐든 다 꿰뚫어 본다는 말투다.

그리고 실제로 꿰뚫어 보았으니 로렌스는 '몰라 봬서 죄송합니다'의 자세로 호로의 장딴지를 정성스레 주무른다.

"아아, 기쁜 일이 있긴 했어. 왜 그, 가짜 장례식을 거행해 보자면서 실제로 시험한 적 있잖아? 그게 정식으로 채택될 것 같아."

"호오오."

그뿐 아니라 그게 화폐 문제까지 해결할지도 모른다.

마을의 중대사를 해결하면 주위에서도 인정해 줄 것이다.

"네 도움도 있고 하니 마침내 나도 마을의 일원이 되는 거지."

"음. 그건, 그건… 잘된… 일…."

하며 로렌스가 기쁨과 감사를 담아 호로의 다리를 바지런히 주무르고 있자, 어느 결엔가 호로의 꼬리가 오른쪽으로 추욱 기운 채로 움직이지 않았다.

가만 보니 잠이 들어, 반쯤 벌어진 입에서 고롱고롱 나직한 숨소리가 들린다.

아직 밤이 깊지 않고, 평소 같으면 술을 홀짝이며 로렌스가 하는 서류 작업을 참견할 무렵이다. 오늘은 밥은 배불리 먹었으나 술은 별로 마시지 않았다. 사람의 모습으로 산행을 한 것이 뜻밖의 좋은 기분전환이 되었는지.

로렌스는 호로의 머리를 다정히 쓰다듬고 이불을 덮어 준다. 그 후 몇 가지 서류 작업을 할까 했는데, 쿠우, 푸스으 하는 숨소리를 내며 기분 좋게 자는 호로를 보고 있자 그럴 마음이 사라졌다.

촛불을 불어 끈 뒤, 호로를 깨우지 않게 살며시 한 이불 속으로 들어가니, 베개를 호로가 독차지하고 있다.

어휴 하여간에, 하면서 눈을 감자 로렌스도 순식간에 잠이 들었다.

잔돈 부족과 길 답사 등 여러 가지 일이 있으나, 코앞에 닥친 일을 처리해 나가기만 해도 시간은 지나간다. 아침이면 호로가 배낭을 지고 나가는 광경도 익숙해지고, 밤에는 으레 낮에 생긴 일을 이야기하며 잠이 든다.

한편, 장례식 건은 다들 바쁜 계절이기도 하여 우선 초가을까지 유보했는데, 잔돈 부족 건은 바야흐로 갈수록 태산인 상황이다. 석공을 불러 돌 화폐를 만들면 어떻겠냐는 이야기, 밑져야 본전이니 산을 내려가 몇몇 도시를 돌며 잔돈을 모아 오는 것은 어떠냐는 이야기가 여관 주인끼리 나누는 잡담에서 등장하기 시작했다.

전자는 몰라도 후자는 다소 희망이 있다.

문제는 겨울만큼은 아니어도 바쁜 이 계절에 누가 마을 밖으로 잔돈을 모으러 나갈 것이냐 인데, 그런 역할이 누구에게 돌아갈지는 로렌스도 어렴풋이 눈치채고 있다.

가라고 하면 가게를 닫고 가는 수밖에 없겠지만, 어찌해야 할지… 이런 불안을 가슴속에 안은 채 그날 아침도 평소대로 호로를 보냈다.

산행의 재미에 푹 빠졌는지 오늘은 버섯이며 나무열매 등등을 모으려고 자루까지 등에 지고 갔다. 욕심 사납게 담았다가 무거워서 비틀비틀 돌아오는 모습이 눈에 선하다. 좋은 술이라도 준비해 둘까, 하는 생각을 하면서 온천에서 나온 유황가루를 가게 앞 공터에서 말렸다.

그러다가 이제 슬슬 점심을 먹을까 하며 고개를 든 그 순간.

나무 그늘에서 나타난 호로의 모습에, 잠시 헛것을 본 줄 알았다.

"…어? 어, 어떻게 된 거야?"

하도 외로워서 점심때에 보러 왔어, 라는 앙증맞은 이유라면 다행이겠으나 로렌스도 호로와 함께한 지 오래다. 호로의 얼굴이 다소 편치 않은 것을 알아보았다.

호로는 말없이 숲에서 나와 로렌스 앞에 서더니, 한숨을 지었다.

"일이 좀 복잡해졌어."

마뜩잖게 말하다가 불현듯 로렌스 뒤편에 시선을 준다. 로렌스가 돌아보자 마른 유황가루를 담기 위해 항아리를 가져오려던 세림이 서 있다.

"아람과 사냥꾼들은 산에서 아직 지켜보고 있어. 사람들을 부르러 나만 돌아온 거야."

오라비의 이름에 세림의 눈이 휘둥그레졌다.

지켜보고 있다는 말에 로렌스는 미간을 좁혔다.

"무슨 안 좋은 일이야?"

뇨히라는 변경 중에서도 변경이다. 그리고 어느 세상에든 남의 눈을 피해야 하는 자들은 이런 곳으로 도망쳐 들어온다.

"그럴 가능성이 없지는 않다고 들었어."

"으, 응?"

알쏭달쏭한 대답에 곤혹스러워하자 호로가 크고도 길게 숨을 내쉬었다.

"콜이가 있으면 좋았을 텐데…."

뜻밖의 이름에 로렌스의 미간에 주름이 잡힌다.

"콜?"

십여 년 전, 호로와 둘이서 행상 여행을 다니던 시절에 만난 콜은 오랫동안 가게 운영을 도와주었다.

그런 콜의 힘이 필요하다는 말에 로렌스는 떠오르는 게 한 가지뿐이다. 음성을 낮춰 물었다.

"설마… 뮤리가 어처구니없게 장난친 무슨 흔적이라도 남아 있었어?"

외동딸인 뮤리는 이루 말할 수 없는 말괄량이에 장난꾸러기였다. 다른 마을 사람들이 알았다가는 졸도할 위험한 장난도 무수히 쳤다.

그런 뮤리가 콜을 오라버니라 부르며 따랐기에 뮤리가 일으킨 문제는 대개 콜이 해결했다. 그래서 떠올린 것이었는데, 호로가 쓴웃음을 짓는 것을 보니 그건 아닌가 보다.

"콜이랑 뮤리는 참 잘 어울리지?"

호로의 놀림에 로렌스가 겁을 먹자, 그제야 호로는 목에 걸려 있던 긴장이 풀렸나 보다.

"그쪽 말고. 콜이의 그거. 어려운 지식 말이야."

"콜의… 교회의?"

일이 복잡해졌다고 호로가 그랬다.

로렌스는 아내의 가녀린 어깨에 양손을 고쳐 얹고, 온천장의 주인으로서 물었다.

"무슨 일인데?"

호로가 설명한 그것은 확실히 복잡한 일이었다.

완력도 없고, 온갖 일을 해결할 만한 돈도 없다.

로렌스에게 있는 것은 상인으로서 쌓아 온 지식과 적잖은 인맥이다.

"갑작스레 죄송합니다."

"아니, 아니. 로렌스 씨에겐 그간 신세를 많이 졌으니."

아직 축축한 머리와 수염을 흔들며 산길을 가는 이는 거구의 수도원장이다. 다행히 술을 마시기 전이었기에 탕 안에 늘어져 있던 수도원장에게 사정을 설명하고 함께 가 주십사 청했다.

"거듭 말씀드려 죄송합니다만…."

로렌스가 길을 가며 그러자 수도원장은 끝까지 말하지 않아도 된다는 듯이 손으로 막았다.

"알아요. 이곳은 온천김 때문에 신의 눈도 닿지 않는 뇨히라지. 되레 우리가 로렌스 씨에게 거듭거듭 인사를 드려야지."

두 남자의 속이 훤히 들여다보이는 대화에 호로가 싸늘한 시선을 보내온다.

흰 수염에 흰 머리를 한 이는 하리벨 수도원이라는 큰 수도원의 원장으로, 봄이 다 끝나 갈 무렵 로렌스네 여관을 찾아와서는 묘한 부탁을 했던 바로 그 인물이다.

그 부탁이 무엇이었는고 하면, 현재 도시에서는 교회 개혁의 폭풍이 거세게 일어 재산을 산더미처럼 축적한 교회와 수도원이 주요 공격 대상으로 거론되고 있다. 그러니 자기네 수도원의 재산을 가장 필요로 하는 이들에게 분배하는 것을 도와 달라고 했다.

물론, 가장 필요로 하는 이들에게 분배, 라는 말은 가장 고가에 매입해 줄 거래처를 알아봐 달라는 뜻이다.

행상인으로서의 지식, 당시 얻은 폭넓은 인맥, 어떤 일이든 마다치 않는 상인의 법도를 잊지 않은 로렌스는 착실히 그 일을 거들었다.

그리고 빚은 돌려받아야 마땅하다.

호로 일행이 길 답사를 나갔다가 산중에서 우연히 발견한 그것.

수도원장에게 그것을 살펴봐 달라고 부탁했다.

"산에서 발견했는데, 묘한 문장(紋章)을 단 채 숨이 끊어진 나그네였다고?"

다리가 튼튼한 수도원장은 산길을 성큼성큼 걸어 나간다.

그 질문에는 로렌스가 답했다.

"아주 오래된 시신인가 봅니다. 좁은 동굴 안에 죽어 있더랍니다."

자세한 설명 없이도 상황은 대충 파악했는지, 수도원장은 "신의 가호가 있으시기를." 하고 중얼거린 후 말을 이었다.

"실제로 북방 지역으로 도망치는 이단은 많소. 그걸 쫓아 이단 심문관도 섞여 든다고 하니 세간에 알리는 건 신중해야 하지. 나도 그렇고, 동료들도 그렇고, 뇨히라가 이단 심문을 둘러싼 복잡한 일에 휘말려 온천욕을 할 수 없게 되면 사는 보람이 사라질 테니."

"잘 좀 부탁드립니다."

가장 가까운 도시에서도 며칠씩 걸리고, 인근 집락에서 길 잃은 사람이 생기면 이내 알 수 있는 곳이니, 동굴에서 발견됐다면 일단은 사연이 있어 산속으로 들어온 인물임은 분명하다.

평범한 나그네는 아니라는 점은, 그가 끌어안고 있던 짐에 묘한 문장이 달려 있어 이내 알았으나, 정체는 도무지 알 수 없었다. 호로 일행은 판단이 서지 않았지만, 그렇다고 구덩이를 파서 묻어 버리고 못 본 척할 수도 없었나 보다. 고민 끝에 호로가 마을로 돌아가 믿을 만한 사람을 불러오기로 했단다.

　도중에 가볍게 휴식을 취한 후 한동안 더 걸어가자 활을 짊어진 사냥꾼과 아람이 마중 나와 있었다. 현장에 도착하니 다른 벌목꾼이 덤불 옆에 불을 피워 놓았다.

　마을에서 그리 멀지 않은 장소라서 '이런 곳에' 하며 로렌스는 놀랐다. 동굴은 양치식물로 뒤덮인 바위의 틈새로만 들어갈 수 있었는데, 미리 말을 들었는데도 쉽게 눈에 들어오지 않는 곳이었다.

　"미끄러지지 않게 조심하십시오."

　사냥꾼의 안내를 받아 로렌스 일행은 바위틈을 통해 동굴 안으로 미끄러지듯 내려갔다.

　"엇, 어엇… 하하, 마치 지옥 순례를 하는 것 같구먼."

　수도원장은 거구 탓에 다소 위태로웠으나 그럭저럭 안으로 내려갔다.

　밖에서 보면 시커멓던 동굴 안은 뜻밖에 빛이 들어 밝았다.

　"숨어 있기엔 안성맞춤이로군."

　아담한 헛간 정도의 넓이에 이런 계절에도 서늘하다. 젖은 돌 특유의 냄새가 난다 했는데, 동굴 구석에 샘물이 졸졸 흐르고 있었다.

　안이 그리 깊지도 않아서 해당 인물은 금세 발견했다.

　수도원장이 성직자답게 목에 건 교회 문장을 쥐고 기도한다.

"방황하는 영혼에게 신의 평안을 내려 주소서."

유해는 벌레에 먹히는 일 없이 깨끗이 수분만 빠진 모양이다. 숯구이 오두막의 노인이 술에 취해 앉아서 졸고 있는 것 같기도 하다. 동굴의 가장 안쪽 벽에 기대앉아 두 다리를 뻗고 있는 품새가 영락없이 그래 보였다.

떠돌며 살다 보면 길가에 쓰러진 유해를 볼 일이 적지 않으나, 이렇게까지 깨끗한 경우는 극히 드물다. 물이 있고, 천장에는 식물 뿌리가 늘어져 있으니, 저런 것을 먹어 가며 서서히 영혼이 빠져나가며 잠들 듯 죽어 갔을 테지.

그것을 고통이 질질 이어졌다고 봐야 할지, 끝까지 희망을 놓지 않았다고 해야 할지는 모르겠다.

로렌스는 왠지 모르겠으나 후자가 아닐까 하고 유해의 모습을 보며 생각했다.

"마치 조금 전까지 깨어 있었던 것만 같소."

수도원장의 말은 과장이 아니다. 벌레와 쥐에 먹히지 않은 덕도 있어 모습이 참 그럴싸했다. 배 위에 얹힌 짐을 왼팔로 끌어안고, 오른손에는 무슨 편지 같은 것을 쥐고 있다. 멀리서 보면 편지를 읽다가 잠든 노인인 줄 알겠다.

"이것도… 도구 손질을 하고 있었던 건지, 자신이 해야 할 일을 떠올리고 있었던 건지."

그 말을 듣고서야 알아챘다. 세월이 오래 흘러 그런지 녹이라기보다는 검은 이끼 같은 것이 뒤덮여 알아보기 힘들었으나, 유해 옆에는 도구가 나열돼 있었다. 전부 앉아서 손이 닿을 범위에 있어, 가게라도 차린 것 같다.

"망치, 끌, 줄… 이건 톱? 손에 든 것은, 편지인가? 아니…."

"이건…."

수도원장이 집어 든 것은 약한 종이가 아니라 조건만 갖춰지면 천 년 이상도 보존되는 양피지였다. 물에 젖지 않아 완벽한 형태를 유지하고 있었다.

하지만 거기에 쓰인 것을 본 순간, 로렌스와 수도원장은 나란히 말문이 막혔다.

호로가 아플 정도로 팔을 잡는 바람에 그쪽을 돌아보았다.

경직된, 다소 창백한 얼굴.

가게에 나타났을 때 호로의 표정은 기분이 좋지 않았던 게 아니다. 긴장해서 그런 거였다.

유해가 손에 들고 있던 양피지에는 무수한 늑대 그림이 그려져 있었다. 평범한 것도 있고, 머리 둘 달린 것도 있다. 이를 드러내고 있는 늑대, 무언가를 물고 있는 늑대, 온갖 형상의 늑대 그림이 빼곡히 그려져 있다.

"늑대 신앙?"

교회가 비난하는 이교도는 늘 두꺼비를 숭배하는데, 세상에는 수많은 신앙이 있다는 것을 로렌스는 안다. 거대한 바위나

거목을 숭배하거나 샘을 숭배하는가 하면, 독수리, 곰, 물고기를 받드는 곳도 있다. 개중에서도 늑대는 독수리와 나란히 인기 있는 부류다.

유해를 발견한 아람과 호로가 보고도 못 본 척할 수 없었던 까닭을 알겠다.

그리고 걱정 많은 호로가 이것이 무슨 큰 문제가 되지는 않을까 두려워한 이유도.

늑대를 받드는 이교도가 산에 숨어 들어와 있는 게 아니냐는 소문이 났다가는 야단법석이 벌어질 게 불을 보듯 뻔하니.

"하지만 이것만 가지고는 뭐라 하지 못하겠군. 짐 속의 내용물은…."

수도원장은 가볍게 기도를 올린 후, 유해가 안고 있는 짐에 신중히 손을 뻗는다. 마른 가지 같은 팔을 치우고 삼베 배낭의 입구를 벌리자 안에서 지네가 쪼르륵 기어 나왔다.

"실례, 자고 있었나."

수도원장은 별로 당황하는 기색 없이 동굴 주민이 나가는 것을 지켜본 뒤 내용물을 꺼냈다. 안에서 나온 것은 무거워 보이는 금속 막대였다. 이끼도 덮여 있지 않고, 광택도 여전하다. 딱 손도끼 자루만한 크기로, 수도원장이 들고 있으니 훌륭한 촛대 받침처럼도 보인다.

하지만 로렌스는 저것을 본 적이 있고, 수도원장 또한 모르지 않는 물건인 듯하다.

"흐음."

그런 한숨에도 곤혹스럽거나 당황했다기보다 안도한 기색이
있었다.

"이단 소동은 벌어지지 않겠구려."

수도원장은 들고 있던 물건을 로렌스에게 건넸다. 묵직하고
차다.

호로도 눈을 부릅뜨고 자세히 들여다보는 그것.

로렌스는 이것을 생애 두 번째로 쥐어 본다.

"화폐용, 타각 망치, 인가요?"

"문양은 늑대요."

수도원장은 유해에 손을 뻗어 목에 건 장신구의 표면을 손가
락으로 닦았다.

켜켜이 쌓인 모래먼지 밑에서 나온 것은 늑대 도안이다.

"옷 곳곳에도 있어."

호로가 중얼거리는 소리에 그제야 깨달았다.

유해가 입고 있는 옷, 안고 있는 배낭에 이르기까지 얼룩인
줄 알았는데 이제 보니 세월에 풍화된 늑대 그림이었다.

"거기 말고도… 아아, 역시 있네. 이쪽은 인새(印璽)로군요."

손바닥에 가볍게 올라갈 만한 금속 덩어리로, 손잡이 부분은
늑대를 본떴다.

"그리고 이건 화물에 낙인을 찍는 용도겠네. 쌍두 늑대라니, 상당히 신경 썼는걸."

어른 손바닥만한 크기의 사각 금속 덩어리에는 한 몸뚱이에 머리 둘 달린 늑대의 문양이 조각돼 있다. 낯설고 으스스한 문양을 호로는 꺼리는 눈빛으로 보고 있었다.

하지만 거기에는 분명한 의미가 있다.

"예전에 전란으로 멸망한 나라…일까요?"

"또는 전란이 휘몰아치던 시절, 새로운 영지에서 가문을 일으키려다가 꿈을 이루지 못하고 스러졌거나. 혼자인 걸 보면 가신이 영주의 마지막 소망을 이으려고 홀로 북으로 떠나 전란을 벗어난… 그런 거겠지. 아마도 내 조부 시대의 것일 거요. 요즘 시대에 쌍두 짐승의 문장은 너무 과하니."

아직도 불안한지 호로가 궁금해하는 눈빛으로 쳐다보기에 로렌스가 말해 주었다.

"이건 고대의 대제국을 따라 한 문양이야."

수도원장은 배낭에서 성전을 발견하고 유해의 신앙심에 진지하게 기도를 드리고 있다.

"늑대는 특히 힘과 풍작의 증거로 자주 이용돼. 언젠가 늑대 문양이 들어간 화폐를 목걸이로 만들어 준 적 있지?"

그런 화폐는 늑대 퇴치의 의미도 담겨 여행자들이 선호한다.

"머리가 둘 달려서 오른쪽 왼쪽을 보고 있는 것은 광활한 영지의 동쪽 끝과 서쪽 끝을 노려본다는 뜻이야. 영지가 세분된 지 오래고, 세상을 자기 것으로 삼겠다는 꿈을 꾸지 않게 된 요즘 에는 유서 깊은 나라에서나 쓰이는 도안이지."

신묘하게 고개를 끄덕이는 호로 옆에서 로렌스는 도안을 자 세히 들여다보다 깨달았다.

가만 보니 문양이 깔끔한 대칭도 아니고, 좌우 머리의 조각된 깊이도 달랐다.

"이거… 먼저 있던 도안을 뭉개고 새로 조각한 건가? 그렇단 얘기는…."

양피지에 빼곡하게 그려진 도안은, 말할 상대도 할 일도 없는 이 동굴 안에서 이름 모를 이 직인이 꾼 꿈의 흔적이겠지.

로렌스가 그 이야기를 하자, 호로는 서글픈 듯 눈을 가늘게 뜨고 죽은 직인을 바라보았다. 로렌스의 팔을 붙든 손에 힘이 들어간 것은 늑대를 사랑하던 자를 잃은 슬픔 때문이려나.

그러고 있자, 기도를 마친 수도원장이 천천히 몸을 일으켰다.

"이 땅에서 힘을 다했고, 우리가 발견한 것도 신의 인도하심 이 아니겠소. 혹시 모르니 이 문장이 어디 것인지 조사한 뒤 정 중히 장례를 치르는 것이 옳지 않을까 하오."

"예."

술과 고기라면 사족을 못 쓰고, 자기네 수도원이 재산을 너무 쌓았다는 비난을 받을 것 같으니 재빨리 비난의 화살을 돌리기

172

위해 로렌스에게 부탁할 정도의 인물.

하지만 이어진 그의 말에 거짓이 담긴 것 같지는 않았다.

"그렇긴 한데 여기는 춥군. 이 사람도 뇨히라의 묘지에 묻히면 얼어붙은 영혼도 따스해질 테지."

동굴에서 기어 나가, 어찌 된 상황인지 불안해하며 기다리고 있던 아람 일행에게 대략적인 설명을 한 후 그날은 철수했다.

결국 하리벨 수도원장의 주선으로 다른 여관의 손님들에게도 물어보니 동굴 안에서 절명한 이는 족히 오십 년 이상은 된, 오래전에 멸망한 소국 출신으로 판명되었다. 머나먼 남쪽에서 한 달 가까이 걸려 뇨히라에 와 있는 나이 든 영주가 문장을 알아보았다.

그리움에 찬 표정으로 지금은 상상도 못 할 만큼 전란이 거세던 시절의 이야기를 들려주었다.

전란이 가라앉은 후에도 한동안은 곳곳의 마을 헛간, 밭에서 이런 식의 전쟁 유물이 발견되었다고 한다. 개중에는 한 가닥 소망이 이루어져 부흥한 가문도 있다지만, 대개는 그대로 세월의 흐름에 삼켜졌다.

동굴에서 가져온 낙인을 잘 씻고 닦아 햇빛에 비춰 보자 로렌스의 예상대로 원래 도안의 흔적이 분명히 남아 있었다.

옛날에는 수많은 이들이 대제국을 통치하는 장대한 꿈을 꾸었다.

여하튼, 나그네의 정체에는 별 문제가 없는 것으로 결론이 났기에 온천장 주인들에게도 사정을 설명하고 유해를 마을 묘지에 이장하기로 했는데, 그때부터가 야단이었다.

"아니, 아니, 무슨 말씀이시오. 우리 수도원은 나그네가 도망쳐 온 슈텐 지방에 이백칠십 년의 역사를 자랑하고 있으니….."

"역사를 따지자면 우리 교회는 성인 아이모데스를 시조로 하여, 실로 육백이십 년을…."

"잠시 기다리시오. 나그네가 들고 있던 성전은 피어슨 박사의 주해가 달린 것이고, 리들 학파의 흐름을 이어받은 것이 명백하오! 그렇다면 우리 밀레 수도원이야말로 나그네의 영혼을 위로할 최적의 장소라고…." "무슨 궤변이시오!" "그 무슨 말을!" "뭐가 어째?!"

회합 장소인 창고 겸 회의소는 나그네의 이장에 있어 누가 사제 역을 맡을 것인지로 다투며 일대 혼란에 빠져 있었다. 뇨히라에는 온 세상에서 고위 성직자들이 와 있기 때문이다. 배는 한 척인데 선장이 백 명이면 싸움이 벌어질 게 뻔하다. 흰 수염, 검은 수염, 분노로 기름이 번들대는 대머리, 마른 나뭇가지 같은 팔을 마구 흔들어 대는 이, 불뚝 튀어나온 배로 탁자를 들썩이는 면면들은 마치 소, 양, 산양을 한데 몰아넣은 모양새다.

철가면까지 쓰고 완전무장한 기사들도 주군들 간에 고성이 오가자 슬슬 서로의 멱살을 잡았다가 넌더리 난 표정으로 밀쳐 냈다가 한다.

그런 모습을 진홍빛 방석 의자에 앉아 매 같은 눈으로 지켜보고 있는 높으신 분들은 성직자를 후원하는 영주들이다. 그들은 영지 내의 교회, 수도원에 적잖은 기부를 하고 있기에 자기네가 후원하는 성직자들의 권위가 고스란히 자신의 권위를 드높인다고 여긴다. 더욱이, 동굴 안에서 절명한 이는 전란이 거세던 시절 신앙과 충절을 가슴에 안고 꿈을 위해 목숨을 바친 이른바 전쟁 영웅이다.

누가 그의 영혼을 위로하는 임무를 맡을 것이냐의 문제는 고위급 인간이 무수히 모인 이 뇨히라에서는 타협 불가능한 문제다.

로렌스는 그런 모습을 회의소 구석에서 지켜보고 있다가 그만 한숨을 흘렸다.

누가 들을세라 당황하여 입을 다물자, 옆에서 키득키득 숨죽인 웃음소리가 들렸다.

"하는 짓들 하고는."

그렇게 말한 것은 저 나그네의 정체를 밝혀 준 노영주였다. 로렌스네 여관의 투숙객은 아니지만 온천장 '늑대와 향신료'가 자랑하는 동굴탕을 몇 번 이용한 적이 있기에 얼굴은 아는 사이다.

"전란 시대에 태어난 자이니 전란 시대의 관습을 따르면 될 것을."

"전란 시대의 관습이요?"

로렌스는 용병 중에도 지인이 있지만, 굳이 따지자면 전쟁은 상인에게 방해가 되기에 피하며 살아서 별로 잘 알지는 못한다.

"음. 성직자는 바랄 수도 없는 전장의 관습으로는 유해를 빨리 묻어 주고 술이라도 뿌리든지, 술을 못 하는 사람이면 좋아하는 음식이라도 묻어 주면 되는 게지. 장황한 기도, 누가 이장하느냐가 뭔 상관이겠나."

실용이 최우선인 전장의 규칙은 실로 이해하기 쉽다.

대머리에 야윈 노영주이지만 그가 검을 한 손에 쥐고 땅에 묻힌 전우에게 술을 뿌리는 모습을 상상하니 물씬 와 닿는다.

"하지만 전쟁은 끝이 났고, 글 다루는 놈들이 위세 등등하지. 평화의 증거인지도 모르겠으나…."

노영주도 한숨을 쉰 뒤, 대기한 인물에게 눈짓하고 손을 빌려 일어선다.

"헌데, 그대네 동굴탕은 비어 있는가?"

"예? 아, 예, 지금은 다들 이 소란에 매달려 있어서."

"그거 잘됐구먼. 나중에 좀 들어가게 해 주시게."

"알겠습니다. 기다리겠습니다."

로렌스는 공손히 머리를 숙이고 노영주를 배웅했다.

그리고 자신도 여기에 있어 봐야 시간 낭비라는 생각에 밖으로 나섰다.

회의소 안에 도저히 다 들어갈 수가 없기에 활짝 열어 놓은 문으로 안을 들여다보려는 사람들의 울타리가 생겨나 있고, 그 바깥으로는 회의소 내 상황을 재미있게 꾸며 전하는 이야기꾼과 그의 이야기를 들으며 즐기는 손님들이 수두룩했다.

어이없어하고 있는데 누가 옷자락을 잡아끌기에 돌아보았다.

눈 있는 데까지 후드를 푹 뒤집어쓴 호로가 심드렁한 표정을 짓고 있다.

"아아, 마침 잘됐다. 가게로 돌아가려던 참이었어."

로렌스의 말에 호로는 고개를 끄덕이고는 재빨리 걸음을 내디뎠다. 한창 놀고 있는데 교회에 끌려온 아이 같지만, 상황을 보고 싶다고 먼저 말을 한 것은 호로였다.

하지만 평소에는 나란히 곁에 서던 호로가 로렌스의 몇 걸음 앞을 걷고 있다. 이런 때는 기본적으로 기분이 언짢고, 정석대로라면 로렌스가 방치해서 토라진 경우.

그렇긴 해도 밖에서 기다리겠다고 한 것도 호로였기에 이유는 명백히 다른 데에 있다.

"마음 쓰지 마."

로렌스가 그렇게 말을 건 것은 회의소의 소음도 멀어지고 길가 온천장의 탕에서 태평한 음색이 나직이 들려오는 언덕길을 걸을 때였다.

"뭘?"

돌아보지도 않고 그렇게 대답하는 호로를 보며 로렌스는 쓴 웃음을 짓는다.

"저 소동은 네 탓이 아니야."

나그네의 유해를 발견한 상황을 자세히 물어보니, 호로와 아람이 함께 늑대의 코로 유해의 냄새를 맡았다고 한다. 그냥 무시할 수도 있었으나 혹시 길을 잃은 사람이면… 하여 확인하러 가 봤더니 늑대에 얽힌 이런저런 것을 가지고 있어서 보고도 못 본 척할 수가 없었다.

그리고 이단 소동이 벌어지지 않은 대신 손님들 사이에 분란이 일어났다.

심성이 반듯한 아람은 물론 송구해했고, 호로도 책임을 느끼는지 요 며칠 기운이 없고 어딘지 모르게 불안정했다.

"…수염 놈들이 싸우든 말든, 난 알 바 아냐."

하지만 호로는 고집스레 저런 소리를 한다. 그럼 왜 서로 싸우는 걸 굳이 보러 가겠다고 했냐고 묻고 싶어졌지만, 그랬다가는 화를 낼 것 같은 분위기다. 현랑을 자칭하고 숲의 패자인 늑대답게 긍지를 지키려는 것인지는 모르겠으나, 저러면서도 외로움을 잘 타고 상처받기 쉬우니 가만 놔둘 수도 없다.

참 까탈스럽다고 말할 수도 있겠지만, 저런 호로가 나한테만큼은 마음을 열어 주고 있다고 생각하면 로렌스는 솔직히 기쁘다.

어쩌면 까다로운 손님의 주문일수록 불타오르는 상인의 복잡한 성격에서인지도 모르겠지만.

"그런데, 당신이야말로 괜찮아?"

호로가 어깨 너머로 힐끗 돌아본다.

"나?"

어리둥절하여 되묻자 호로가 얼굴을 확 찌푸렸다.

"당신이 생각했던 그거, 저래서야 영 안 될 것 같은데?"

그제야 이해했다. 호로가 말하는 것은 로렌스가 제안했던 가짜 장례식 이야기다.

"그러게…. 마을 행사로 가짜 장례식을 올린다고 하면 서로 자기네가 사제를 맡겠다고 싸움이 날 게 뻔하겠지. 저 상황으로 봐서는 뭐, 개최는 무리겠네."

시험 삼아 해 봤을 때는 손님도 적었기에 별 문제없었으나, 마을 전체의 행사가 되면 관 앞에서 왔다 갔다 하는 사제가 곧 뇨히라의 얼굴이 된다.

서로 자기가 하겠다고 나서는 노인이 몰려들 게 눈에 선하다.

그럼, 호로가 제일 마음 걸려 하는 문제가 이건가? 로렌스가 행사를 제안하고 마을에 공헌해 동료로 인정받기를 기대하고 있던 참에, 사고 비슷한 것이기는 해도 자기 잘못으로 무산되고 말았다는….

확실히 호로가 빠져들 법한 사고의 함정이기는 한데, 하지만 로렌스는 물론 그런 생각은 하지도 않았다.

"하지만 그 일에 관해서는 이번 사태가 낭보이기도 해."

괜히 위로할 생각 말라는 투로 호로가 얼굴을 찌푸린다.

"정말이야. 나는 설마하니 성직자들이 저렇게 허영심 많은 돌머리들인 줄 눈곱만큼도 몰랐다니까? 이번 일을 경험하지 않고 순진하게 가짜 장례식 건을 고지했다 쳐 봐. 더 꼴불견이 되었을걸?"

호로는 여전히 몇 걸음 앞에 있으면서 "그래서?" 하고 물었다.

"계획이 단순히 중단되기만 하겠어? 내 제안 때문에 손님들 간에 수습 못 할 큰 싸움이 벌어지기라도 해 봐. 그 책임이 누구한테 가겠어? 나지. 그럼 마을의 일원이 다 뭐야. 눈엣가시지. 다행이지 뭐야, 진짜."

솔직하게 웃자 호로가 약간 걸음을 늦춰 로렌스에게 다가섰다.

"그뿐 아니라, 가짜 장례식은 화폐를 모으려는 목적도 있었는데, 그것도 완전 헛다리였지."

로렌스는 거의 혼잣말을 하듯 그렇게 말했다. 호로를 위로한다기보다는 푸념에 가깝게.

"장례식에는 기부와 헌등(獻燈)이 뒤따르니까 손님들한테서

무리 없이 잔돈을 거둬들일 수 있겠다 싶었는데, 장례식 선두에 서는 사제가 모조리 가져가는 게 상례잖아. 마을 사람이 사제 역을 못 맡으면 사제를 맡은 성직자 손님 중 누군가에게 돈이 쏠리게 돼. 당연히 다른 성직자들도 가만있을 리가 없지. 회의소에서 저렇게 다투는 것도 그게 전부는 아니어도 큰 이유이긴 해."

로렌스는 거짓 없이 땅이 꺼져라 한숨을 쉬었다.

"나 원, 행상에서 손 뗀 지 오래라 돈 버는 감각이 영 둔해졌어."

호로는 여전히 돌아보지 않지만, 이야기를 듣고 있는 것은 분위기로 알겠다.

로렌스는 호로가 아닌 자신을 위로하기 위해 이렇게 말했다.

"내가 또 돈 버는 건수를 궁리했다가 어처구니없는 함정에 빠질 뻔했어. 고초를 겪지 않고 끝난 건 맛난 고기와 술을 바지런히 갖다 바친 덕일 거야."

맨 마지막 말에 돌아본 호로에게 팔을 냅다 얻어맞았다.

"누굴 놀려. 난 당신한테도 지혜는 안 빌려줬어."

"행운을 가져다주는 것도 여신이 하는 일이잖아?"

호로의 손을 잡아, 그 손등에 입을 맞춘다.

그러던 로렌스의 웃음이 서서히 가신 것은, 그래도 여전히 호로의 얼굴이 밝지 않아서다.

"…이봐. 이번 소동이 네 탓도 아니고, 아무도 나한테 마을에 쓸데없는 일을 끌어들였다고 안 했어. 이번 일 덕분에 진짜 위험한 독사의 꼬리를 밟지 않게 된 것 또한 사실이야."

행상을 하며 떠돌던 시절에는 장사를 하러 들어간 마을에서 마침 일어난 나쁜 일의 원인으로 간주돼 지탄받는 일이 자주 있었다. 신변의 안전을 위해 그런 분위기에는 한층 민감하다.

그리고 현재, 불온한 낌새는 없거니와 손님들이 모두 소동에 끼어 있는 덕에 한가해져서 온천장의 주인들은 되레 반기고 있다.

이 바쁜 시기에 잠시 쉴 수 있으니.

"그건 나도 알아."

호로의 한마디에, 그럼 왜? 하려고 했다.

그러다 말을 삼킨 것은, 다시 한 걸음 앞서 가던 호로가 당장에라도 울 것 같은 얼굴로 돌아보았기에.

"…호로?"

로렌스는 놀라기보다 걱정이 앞서서 호로의 이름을 불렀다.

호로는 무엇을 신경 쓰고 있는 거지?

그걸 모르는 나한테 실망했나?

그런 이런저런 의문에 가슴이 수런거린 직후.

호로가 걸음을 멈춘 게 아니라 토끼처럼 깡충 방향을 뒤집어 로렌스에게 안겨 들었다.

"어, 엇?!"

하마터면 나동그라질 뻔했다가 간신히 받아 낸다.

로렌스의 가슴에 얼굴을 묻은 호로가 등을 감은 팔에 힘을 꽉 준다.

어찌 된 영문인지 당황하여 로렌스가 말을 머뭇대자, 호로의 먹먹한 음성이 들려왔다.

"당신은, 여기 있는 거지?"

"뭐?"

호로는 팔에 더욱 힘을 주며 재차 말했다.

"여기 있는 당신은, 진짜 당신인 거지?"

"……."

턱밑에서 올려다보는 호로의 표정이 불안의 어둠에 삼켜질 것만 같다.

"너…."

로렌스가 중얼거리자 호로가 헉 하는 얼굴로 가슴에 얼굴을 묻는다.

그러자마자 마을에 드나드는 낯익은 상인이, 지나가다 보고도 대놓고 못 본 체한다.

한동안 엉뚱한 소문이 돌겠구나, 예상할 수 있었지만 중요한 건 눈앞에 있는 호로다.

"자, 잠깐 저쪽으로 가자. 여기는 사람들이 지나다녀."

가게까지는 약간 거리가 있지만, 가는 도중 잡목림에 마침 좋

은 그루터기가 있다. 호로의 손을 이끌며 데려가 나란히 앉았
다. 그러고서 마을의 정경을 바라보자 행상을 하던 시절에도 종
종 이런 적이 있었던 기억이 난다.

싸우고 난 후의 어색한 화해, 몇날 며칠 비가 내려 숲속에 발
이 묶인 우울한 날, 그리고 또….

오만불손한 공주님은 코를 훌쩍이며 로렌스의 옆구리에 매달
려 있다.

로렌스는 그런 호로의 어깨에 팔을 두른 뒤 생각한다.

여기 있는 당신은 진짜 당신이냐고 호로는 물었다.

호로의 아담한 등을 가볍게 다독이며 맥없는 한숨을 지었다.

호로가 이럴 때의 세 번째 이유.

나쁜 꿈을 꾸었을 때다.

"이제야 알았어. 너, 그 동굴 안에 죽어 있는 게 나일지도 모
른다고 생각했지?"

호로의 몸이 움찔했다. 정답인가 보다.

호로는 수백 년의 시간을 살아왔고, 몇 년, 몇 십 년 정도는
자는 동안에 흘러가 버린다. 그러니 인간의 일생쯤은 물거품처
럼 꿈같은 일, 로렌스 역시 이따금 그런 생각을 할 때가 있다.
행복이 넘치는 이런 하루하루는 꿈이고, 사실 나는 짐마차 짐
칸에 홀로 앉아 졸고 있는 게 아닌가 하는.

게다가 그 동굴의 유해는 여지없는 나그네의 유해였다. 손에

쥐고 있던 것도 늑대 그림이 잔뜩 그려진 양피지.

묘한 부분에서 생각이 많은 호로이니 무슨 암시처럼 느꼈을 만도 하다.

그랬던 거라면, 가게로 나를 부르러 왔을 때의 호로의 표정도 이해가 간다.

"여전하구나."

웃으면서 말하자 호로가 고개를 들고 매섭게 쏘아본다. 뺨은 눈물에 젖어 있고, 입술은 비뚜름히 다문 채.

"그럼 얘기는 간단하네. 제일 겁이 난 원인은 그 타각 망치지?"

호로의 눈이 휘둥그레진다. 로렌스는 쓴웃음을 지었다.

"야, 날 좀 믿어 주라."

벽창호다 뭐다 소리를 들어도 이만큼이나 함께 지냈으니 호로가 어떤 생각을 하는지도 대개 안다.

하지만 호로는 이내 얼굴을 찌푸리고는 "멍청이." 하고 나직이 말했다.

"걱정 마. 우리는 태양이 그려진 타각 망치를 쥐고 북방 일대를 뛰어다니다 구사일생으로 잘 헤쳐 나왔어. 절대로 실패한 끝에 동굴로 도망쳐 들어가 그대로 죽지 않았어."

호로의 눈이 또 부예지고, 얼굴을 가려 버린다.

하지만, 그럴 가능성은 있기는 했다. 그 정도로 위험한 대모험이었다.

만일 데바우 상회의 은화 발행을 둘러싼 모험이 실패했다면, 내가 그 나그네처럼 되었을 수도 있다.

갈 곳도 없이, 도움을 청할 곳도 없이, 호로와 함께 동굴 안에서 지내며 서서히 죽어 간다. 호로는 죽은 내 옆에 줄곧 남아서, 자기가 왜 거기에 있는지도 잊어버릴 만큼 있었겠지. 끝내는 졸다가 꾸는 꿈과의 경계마저 사라져, 자는 중에 꾼 꿈의 세계를 현실이라 믿는다.

그럴 가능성이, 분명히 있었다.

"하지만 아니야. 우리는 잘 해냈어."

행운, 그리고 호로 덕분에.

로렌스는 호로의 귀뿌리에 입을 대고, 냄새를 맡는다.

햇볕에 잘 마른 짚단 같은, 그리움이 느껴지는 이 향기는 분명히 여기에 있는 호로의 냄새다.

"회의소의 저 소동을 굳이 보러 간 건, 나그네 유해의 이름이 그래프트 로렌스가 아닌 것을 확인하기 위해서였어?"

호로는 한참 주저하다가 고개를 들지 않는 채로 끄덕였다.

"……."

바보로구나, 하려다가, 말았다.

품 안에서 호로가 바르르 떨고 있다.

살아온 세월이 다르다는 것은 생각 이상으로 근본부터 다른 세상을 살고 있다는 뜻이다.

호로는 그 점을 알기에 누차 몸을 빼려 했었다.

그 손을 잡고 놓지 않은 것은 나였으니, 호로를 행복하게 해 주어야 할 책임이 내게 있다.

로렌스는 그렇게 마음을 다잡고 먼 산을 바라보았다. 지금 내가 무엇을 할 수 있을지 생각했다. 끌어안고, 입맞춤을 하고, 벽난로 앞에서 따뜻하게 데운 벌꿀주를 마시는 것은 언제라도 할 수 있다. 좀 더, 나야말로 호로를 행복하게 해 준다고 확신할 수 있을 만한, 그런, 무언가.

잡목림 속에서 마을의 정경을 바라보며 생각한다. 내가 꿈속으로 들어가 호로가 꾸는 악몽을 깡그리 지워 버릴 수 있으면 좋으련만. 그렇게 생각한 직후, 깨달았다.

"아아, 그러면 되겠구나."

호로가 품 안에서 움찔한다.

로렌스는 호로의 머리를 쓱싹쓱싹 쓰다듬었다.

"있잖아, 호로."

훌쩍 건네는 말투에 호로도 고개를 든다.

"지금 이게 꿈이 아니라는 걸 내가 증명할 순 없지만."

그 말에 눈썹이 또 불안스레 처지는 호로의 어깨를 안고, 무릎 밑에 손을 넣어 공주님처럼 쑥 안아 든다.

호로는 눈이 휘둥그레져서 얼이 빠져 있다.

"꿈이라면 꿈대로. 좋은 꿈으로 만들어 버리자."

코를 훌쩍였는지, 아니면 군침을 삼켰는지. 목을 가다듬은 호로가 쉰 음성으로 말했다.

"…당신, 대체 무슨."

"간단해."

호로의 눈가에 입을 맞추고 말했다.

"꺼림칙한 건, 묻어 버리면 돼."

◇◇

여름이라도 밤이 되면 기온이 뚝 떨어진다. 나무들이 내뿜는 습기 탓도 있어 숨을 토하자 약간 부예졌다.

「당신은… 진짜 멍청하다 해야 할지….」

늑대로 돌아간 호로가 그 모습으로는 드물게 맥없는 기색으로 그런 소리를 한다.

로렌스는 호로의 목덜미 털을 쓱쓱 쓰다듬으며 어깨에 가래를 고쳐 멨다.

"가끔은 이 정도 미친 짓은 해도 되지, 뭐."

「…….」

늑대도 어이없어 피식 웃는 표정이 가능한가 보다.

「흥. 멍청이.」

188

코끝으로 머리를 툭툭 치면서도 호로의 꼬리가 반갑게 살랑거리는 것을 보며 로렌스는 웃었다.

"그럼, 우리가 없는 동안 가게 좀 잘 봐줘요."

호로가 늑대 모습이 되면, 마을에 벌어진 소동 탓에 지금은 로렌스네 여관에 묵고 있는 아람과 여동생 세림은 싫어도 알아채게 마련이다. 두 사람이 무슨 일인가 하여 가게 그늘에서 가만히 상황을 살피고 있기에 그렇게 말을 걸었다. 두 사람은 송구한 듯이 모습을 드러낸 뒤 고개를 끄덕였다.

"그럼 갈까?"

「음.」

이 밤중에 호로와 로렌스가 가는 곳은 그 동굴이다.

호로가 불안에 시달리는 것은 늑대 그림이 그려진 양피지를 꼭 쥐고 늑대를 새긴 타각 망치를 가진 나그네가 동굴 안에 있어서다.

그렇다면 이쯤에서 얼른 구덩이에 묻어 버리면 된다. 설령 이게 꿈이라 해도, 행복한 꿈을 깨울 것 같은 무언가는 안 보면 되는 거니까.

이런 난폭한 논리도 예전의 호로 같으면 싫어했을 수 있다. 확신을 추구하며, 안이한 방법은 받아들이지 않았을 수도 있다. 하지만 세월은 흘렀고 두 사람의 관계도 달라졌다.

호로는 로렌스의 말을 믿어 주고, 어처구니없는 짓을 해도 따라 준다.

로렌스는 한 걸음 앞서 걸으며 길 안내를 해 주는 호로의 꼬리를 어린아이처럼 뒤쫓았다. 한밤의 숲속은 평소 같으면 죽을 듯이 무서운 곳이지만 호로와 함께라면 두렵지 않다.

의기양양하게 걷고 있다가, 호로의 꼬리가 코앞으로 확 닥쳐드는 바람에 미처 멈춰 서지 못하고 털 속에 얼굴을 파묻었다.

"어푸, 야, 호…."

라는 말은 꼬리가 머리통째 가로막았다.

「사람이 있어.」

호로가 그르렁대듯 속삭였다.

로렌스는 입을 다물고 꼬리털 안에서 기어 나와 시선을 모았다.

나무들 너머, 꽤 멀기는 하나 자그마한 불빛이 보인다.

「아무래도… 우리만 멍청한 게 아닌가 보네.」

"무슨 소리야?"

하고 묻자 호로는 한쪽 입 끝으로만 송곳니를 내보인다. 쓴웃음이다.

「논쟁으로는 결론이 안 나니까 실력행사를 하려다 서로 마주친 거겠지.」

로렌스는 할 말을 잃고 어이가 없어 웃고 만다.

「어쩔 거야? 저기로 튀어나가서 숲의 사자께서 오셨도다, 할

거야?」

　호로가 머리를 내리고 어리광을 부리듯 눈 밑 언저리를 로렌스의 몸에 비빈다.

　지금이라면 그 어떤 바보짓이라도 하겠다는 거겠지.

　로렌스는 그런 호로의 털북숭이 얼굴을 손으로 쓰다듬은 후 으음~ 고심한다.

　"그것도 재미있겠지만… 그랬다가는 여기가 또 기적의 명소가 될 거 아냐."

　「그럼 안 돼?」

　"저기서 수선을 피우고 있는 놈들이, 자기 눈앞에서 일어난 기적이니까 여기는 자기가 관리해야 한다고 우길 거라고. 안 봐도 뻔해. 문제만 늘어."

　「우….」

　호로가 불만스레 꼬리를 젓는다.

　"그나저나, 설마하니 한밤중에 유해를 옮길 생각을 하는 놈들이 저렇게나 많았다니… 어휴, 이장하려면 시간이 꽤 걸리겠는데."

　호로의 커다란 눈이 느릿하게 껌뻑였다가 조여든다.

　「영혼이라는 게 있다면 본인에게 직접 물어보면 될 텐데.」

　"맞아. 그러면 얘기가 빠르겠지."

　로렌스는 웃으며 동의하다가 우뚝 웃음을 멈췄다.

"영혼에게, 직접?"

「…뭐야, 당신 귀가 나보다 더 좋아?」

어린아이라면 비를 피할 수 있을 만큼 커다란 짐승 귀로, 호로는 머리를 기울여 로렌스를 덮으려 한다. 로렌스는 생쥐가 된 듯한 기분을 느끼며 호로의 장난을 피해 생각에 집중한다.

"아니… 저 나그네의 소망이야 뻔하잖아?"

「응, 어?」

"그럼… 어…."

나이 탓인지 머리가 잘 돌아가지 않는다. 조금만 더 하면 주르륵 이어질 것 같은 데서 멎는다.

그런 로렌스를 물끄러미 지켜보던 호로가 동굴 쪽을 돌아보았다가 시선을 되돌린다.

「뭐야, 화폐라도 만드는 거야?」

나그네의 꿈은 그것이다. 화폐 주조는 영주권의 상징이니까.

"그렇긴 하지만, 화폐 문제로 우리가 얼마나 골머리를 앓고 있는지 알아?"

호로가 머리를 뒤로 약간 빼고는 늑대다운 눈을 가늘게 떠 사냥감을 보는 눈빛을 한다.

「…난 현랑 호로야. 얕보지 마. 함부로 화폐를 만들었다가는 영역 문제로 복잡해진다는 거 알거든?」

"맞아. 게다가 화폐를 만들 지금(地金)도 없어."

「다른 화폐를 녹이면 되지.」

"오오? 잘 아네?"

「…….」

호로가 퍽 진심을 담아 로렌스를 코끝으로 툭 쳤다.

"미안. 미안하다니까."

로렌스가 사과하자 흥, 코웃음을 친다.

「멍청이. 게다가 그것 말고도 문제가 하나 더 있잖아.」

"응?"

「당신도 예전엔 그런 소리 자주 했는데?」

거대한 호로를 우러르며 로렌스는 신탁을 내려 주십사 빌듯이 두 팔을 벌리고 어깨를 움츠렸다.

「돈은 저세상까진 못 가져가. 저 가엾은 나그네의 꿈이 이루어졌다는 걸 어떻게 알게 해? 대머리 말마따나 전란의 관습이라도 흉내 낼 거야? 만들어 낸 화폐를 무덤에 묻어서….」

그 순간.

로렌스는 캄캄한 숲속에서 또렷이 빛을 보았다.

"그거야!"

자기도 모르게 버럭 소리친 순간, 거대한 무언가에 내리눌렸다.

호로의 발바닥이다. 당사자인 호로는 몸을 낮춘 채 불빛 쪽을 보고 있다.

「이런 멍청이!」

"…미안…."

한동안 그러고 가만히 있었다. 다행히 들키지는 않은 모양이다.

「말해 봐. 무슨 생각이 떠올랐는데?」

배를 깔고 엎드린 호로가 어이없다는 듯이 쳐다본다.

저건 아마도, 수없이 돈 벌 궁리를 했다가 험한 꼴을 당한 멍청한 단짝을 따라다니느라 지친 반려의 눈빛이다.

그러면서 지은 반웃음의 입매에는, 이번엔 또 어떤 멍청한 이야기인데? 하는 기대가 어려 있었다.

로렌스가 계획을 말하자 호로는 꼬리를 치며 반겼다.

방법은 생각해 냈으나, 물론 혼자서는 그림 속의 빵이다. 그림 속에서 꺼내려면 그에 상응한 힘이 있어야 했다. 로렌스는 이런저런 사전교섭을 마치고 준비를 갖췄다.

그리고 이튿날, 여전히 옥신각신 난리통 속인 회의소로 향했다.

"그러니까 아까도 말했듯이…."

"그건 인정 못 한다고 우리가 누누이…."

"그런 알맹이 없는 논리를 내세우는 것은 신앙의…."

지치지도 않고 논쟁을 되풀이하는 와중을, 로렌스 일행이 군중을 헤치고 나아간다.

구경꾼과 영주의 수행원들이 기묘한 눈으로 로렌스 일행을 본다.

하지만 아무도 제지하려 나서지 않는 것은, 선두에 선 인물이 그 노영주이기 때문이다.

"애초에 필요한 것은 어린양의 영혼 구제이고…."

입에 거품을 문 성직자가 한창 떠드는 중, 노영주는 장검을 쳐들었다가 검집째 긴 탁자 위에 쿵 내려놓았다. 얼굴이 시뻘건 자들이 늪지대에서 왁왁대던 기러기처럼 목을 쭉 빼고 입을 딱 다문다.

"그렇지. 필요한 것은 영혼의 구제이지."

노영주의 말에, 돌을 삼킨 표정들이던 성직자 중 하나가 과감히 말문을 열려 한다.

"…그러니 그 방법을 취…."

"그 방법?"

왕년의 전쟁터를 누빈 왕년의 강자가 노려보자 신의 사자라 자인하는 성직자가 입을 다문다.

영주의 눈에는 백발인 자도 아들이거나 손자뻘이다.

"그거야 뻔하지."

노영주가 선언하자 사람으로 가득한 회의소가 조용해진다.

"그이는 꿈에 살고 꿈에 죽었다. 그렇다면 꿈을 실현하는 것 외에 무엇이 있겠나?"

그리고 품에서 꺼낸 것은 화폐를 만드는 타각 망치였다.

"아, 아니, 그건 아니지 않소!"

진홍빛 방석 의자에 앉은 장년의 영주가 경악하여 외쳤다.

"성급히 굴지 마시오! 그것만은 안 되오!"

다른 영주도 당황하여 저지한다. 성직자끼리는 싸우든 말든 신경 쓰지 않았으면서 타각 망치에는 낯빛이 창백해진다.

저것을 꺼냈다가는 문제가 한층 확대될 것을 다들 안다.

"흥? 뭘 두려워들 하시오? 내가 이것으로 뭘 할 줄 알고?"

역전의 노영주가 여우처럼 웃고 있다. 당황한 영주, 성직자들은 그제야 뒤따르고 있던 로렌스 일행이 떠올랐나 보다.

"뭘 하기는… 아니, 그보다, 거기 있는 건 온천장 주인들 아닌가? 그대들은 이 마을에 재앙을 끌어들일 셈인가?"

"당치도 않습니다."

대답한 것은 마을의 평화를 위해 발 벗고 나서자는 로렌스의 제안에 동의해 준 마을 회합의 의장이다. 이 마을에서 가장 오래된 온천장을 경영하고 있다.

"저희는 뇨히라를 방문하신 손님들께서 그저 이곳에서 머무르는 동안 즐겁게 지내시는 것 외에는 아무것도 바라지 않습니다. 그런 뜻에서 저희는 이 나그네를 돕고자 합니다."

"그게 문제라는 거다. 화폐를 만들려는 것도 그래서지? 지금의 화폐 사정 때문 아냐? 일석이조 어쩌니 하는 어리석은 생각 마라. 데바우 상회처럼 쉽게 화폐를 만들어 낼 수 있으리라 생각지 말라고."

생각만 해도 죄가 된다는 듯이 당황한 기색인데, 그에 대한 답변은 노영주가 했다.

손에 든 타각 망치를 휘두르며. 파리라도 쫓듯.

"누가 화폐를 만든다고 했나? 우리는 경건한 신의 종복이야. 그러니 그 가르침을 따라 고인의 꿈을 이루어 주자는 것일세."

"아니, 하지만… 고인의 꿈은… 그…."

횡설수설하는 성직자에게 노영주는 또렷이 답했다.

"물론 이 타각 망치와 인새를 써서 가문의 문장을 새긴 것이 널리 유포되기를 바랐겠지. 이 타각 망치로 찍은 것이 많은 사람들에게 쓰인다면 참으로 기뻐할 게야."

노영주의 사뭇 무시하는 듯한 즉답에 아들뻘은 될 젊은 영주들이 분노를 드러낸다. 저들 또한 어엿한 영주로서 실적을 쌓아 온 몸이니.

"그러니 그거야말로 문제라는 거요. 타각 망치로 화폐를 만들지 뭘 만들어? 빵 반죽이라도 하는 밀방망이로 쓰나?"

그 말에 찬동하며 분개하는 음성이 드높아진 순간.

"대충 맞혔소."

그러면서 노영주가 싱긋 웃으니, 분통을 터뜨리던 영주들의 기세가 사그라진다.

싸움에 노련한 노영주의 눈짓에 로렌스 일행은 들고 있던 바구니의 덮개를 벗겼다.

"그, 그건?"

회의소 안에 달달한 버터 향이 확 퍼졌다.

"나는 먹을 것에 관심이 없어 잘 모르겠으나, 드넓은 세상을 여행한 로렌스 씨의 말에 따르면, 어느 작은 마을 특산품 중에 특이한 건빵이 있다고 하오. 그것을 본떠 만들어 보았소."

로렌스는 바구니를 들고 영주들 앞으로 다가가 내용물을 하나씩 나눠 준다.

"이건… 납작빵?"

"아니, 그냥 납작빵은 아닌데? 이건 쿠키 아닌가?"

"으음… 남방의 쿠키와도 다른데…."

과연 돈 많으신 영주들이라 먹거리에 해박하다. 정체는 계란과 버터를 듬뿍 넣어 부드러운 빵 반죽을 살짝 구운 것이다.

그리고 영주들은 빵 모양이 뜻하는 바도 이내 알아차렸다.

"아! 이건 타각 망치로 모양을 잡아 만든 빵 화폐로군!"

"이러면 어느 영주든 불평은 없겠네?"

"저희 마을에는 빵 조합도 없습니다."

말을 보탠 이는 마을 회합 의장이다.

"그리고 이건 마을에서도 드문 상인 출신인 로렌스 씨의 꿈이기도 하고, 여러분도 한 번쯤은 해 본 생각 아니오?"

짓궂게 끌어들이는 바람에 로렌스는 이야기의 끈을 풀었다.

"돈을 배불리 먹어 보고 싶다는 생각을 늘 했었지요."

이 자리에 있는 이들은 재산 축적에도 탁월한 이들이다. 칙칙하고 곤혹스런 쓴웃음이 잔물결처럼 퍼져 나갔지만, 늘어선 면면의 얼굴이 분노에 물들어 있는 건 아니다.

그러자 노영주가 이렇게 말했다.

"나는 일찍이 전란의 무대를 누볐고, 꿈을 위해 산 자들을 뒤쫓았지. 전장에서는 먹을 것도, 마실 것도 부족했고, 신의 가호는 더 없었어. 종군사제는 진작 몇 년 전에 산중에서 걸음을 못 걷게 되더니 그것으로 끝이었고. 친우의 유해를 기도와 함께 묻어 주는 사치라고는 꿈도 못 꿨지. 구덩이를 파서 묻고 술을 뿌려 주거나 육포 한 조각이라도 묘표 대신 꽂아 주는 게 고작이었네."

노영주의 말에 전쟁 무용담으로 이름을 날리던 이들은, 전쟁 무용담이어서 그런지 진지한 얼굴로 경청하고 있다.

"나는 그 시대를 산 사람으로서, 고인의 유지를 조금이라도 실현하는 것이야말로 새로운 여로를 떠나는 데에 전별이 될 것이라 보오."

영주들은 나란히 의자에서 일어나 바닥에 한쪽 무릎을 꿇고 삼가 따르겠다는 뜻을 표한다.

이렇게 되면 성직자들도 우길 수가 없다. 영주들과 좋은 관계를 구축해야 고향으로 돌아가서도 평탄하니까.

노영주는 충분한 여유와 침묵으로 성직자들의 반론을 기다린다.

그리고 그들이 나란히 시선을 내리는 것을 지켜본 후 말했다.

"나는 전장의 관습에 따라, 전우로서 고인을 묘에 이장하겠소. 성직자들께서는."

그 말에 신의 어린양들이 시선을 든다.

"묘에 묻힐 이 빵 화폐가 천국에 닿을 수 있도록 기도해 주시길 바라오."

그들은 서로의 얼굴을 마주했다.

누가 누구보다 뛰어난지 따지자는 게 아니다.

누구의 기도로 빵 화폐가 천국에 닿을지는 아무도 알 수 없으니 허세와 오기의 싸움도 일어나지 않는다.

"그렇다면야… 뭐…."

우물우물 동의하는 소리가 나오는 것을 듣자 노영주는 고개를 끄덕였다.

"그럼 이야기는 끝났소! 행동에 나서시오!"

쾅, 탁자 내리치는 소리와 함께 전원이 등을 딱 편다.

이리하여 뇨히라에 떨어진 야단법석은 수습되었다.

관을 든 무리가 나그네가 잠든 동굴로 대거 향한다. 온천장 주인들도 몇 명은 따라간 모양이나, 밤을 꼬박 새우며 움직인 로렌스는 그들을 배웅하기만 했다.

어제는 노영주를 찾아가 뜻을 전하자 적극 참여할 의사를 표하기에, 든든한 뒷배를 얻은 후 마을 내 온천장을 전부 돌며 주인들에게 설명했다. 그러는 것만으로도 시간이 상당히 걸렸는데, 그 뒤로 가게로 돌아가 취사 담당 하나를 깨우고 아람과 세림의 손까지 빌려서 빵을 반죽했다. 가마에 불을 지펴 인새, 낙인, 그리고 타각 망치를 달궈 살짝 눈게 한 빵을 다 굽고 나니 이미 날이 밝았다.

피로감에 어깨와 허리가 묵지근하고, 눈 안쪽이 시큰시큰하다.

젊었을 때는 사흘쯤 안 자고도 장사를 할 수 있었는데, 하는 생각에 로렌스는 쓸쓸레 웃었다.

사람들이 얼추 산으로 갔을 즈음이 되자, 비로소 이렇게 말했다.

"이만 돌아갈까?"

회의소 상황을 보러 와 있던 호로가 고개를 끄덕했다. 손을 잡자, 씻어도 잘 떨어지지 않고 손에 딱 달라붙어 있는 빵 반죽을 호로가 손톱으로 긁는다.

"야, 아파."

호로는 대답하지 않고 로렌스의 손톱에 딱 달라붙은 빵 반죽을 갉작갉작 긁어 떨어뜨린다.

"…이장하는 데 입회할까?"

그런 말을 하자 호로의 손가락이 우뚝 멎는다.

그리고 몇 걸음 걸어가다가 다시 갉작갉작 긁는다.

"안 가."

토라진 여자아이 같은 말투였다.

"그렇지. 불순한 물건은 무사히 땅속으로 들어갔으니까."

호로는 흥 코웃음을 치고, 로렌스의 손가락 긁기를 그만둔다. 이만 질렸다는 투로.

그런 후 두 사람은 말없이 뇨히라 마을을 걸었다. 평소엔 시끌벅적한 마을길도 오가는 사람 없이 고요했다. 마치 지금까지의 일대 소동이 전부 꿈이었던 것처럼.

"잠들기가 두려워?"

하고 묻자, 호로가 움찔 멈춰 선다.

철야로 빵을 반죽하고도 호로가 술을 마시고 자지 않은 이유가 달리 있겠는가.

자고 일어나면 이 꿈에서 깨어나는 게 아닐까.

그게 두려워 로렌스를 따라왔다.

호로의 기색을 보고 나직이 웃은 로렌스는 호로의 앞으로 돌아가 선 뒤, 상의 주머니를 뒤졌다.

꺼낸 것은 늑대 문양이 찍힌 얇은 빵이다.

"자."

호로의 입가에 빵을 들이밀자 얼굴을 찌푸리며 외면한다.

로렌스는 어깨를 으쓱이고 빵을 반으로 잘라, 자기가 먹었다.

"나머지는 네가 가지고 있으면 돼."

호로의 목에 걸린, 보리가 든 주머니에 빵 조각을 넣었다. 오래된 주머니는 딸인 뮈리에게 줘 버렸기에 새 주머니다.

호로는 저항은 하지 않았으나, 어쩌라고? 하는 눈빛은 던진다.

"이러면 자다가 깬 네가 홀로, 어느 보리밭에 있다 해도…."

말하는 도중에 호로의 눈이 벌어지며 경악한다.

로렌스는 어휴 참, 하고 웃으며 호로의 뺨에 양손을 얹었다.

"설령 그렇게 되더라도 너는 이 빵 냄새를 찾으면 돼. 나는 반드시, 거기 있어."

호로는 로렌스를 바라보고, 로렌스가 웃으니, 눈에 눈물이 뚝 떨어진다.

그러고 나서야 비로소 자칭 현랑인 것을 떠올렸나 보다.

아마색 머리털에 똑같은 색깔의 짐승 귀와 꼬리를 가진 호로는, 크게 숨을 들이마시고, 씨익 억지로 웃었다.

"그럼, 빵이 아니라 향신료로 해 줘."

"그 편이 먹을 때 맛있으니까?"

그런 뒤 뿜듯이 웃음을 터뜨리자 호로가 로렌스에게 안겨 든다.

로렌스는 그 가녀린 몸을 껴안고 말했다.

"자, 가게로 돌아가자. 나하고, 네가 만든 가게야."

꼬리를 파닥댄 호로가 고개를 끄덕이고 로렌스의 손을 잡는다. 이제는 뭔가 할 말이 있는 것처럼 잡지 않는다.

둘이서 나란히 걸어간다.

계절은 뇨히라의 짧은 여름.

하늘을 우러르니, 빨려들 것처럼 파랬다.

늑대와 향신료

늑대와 수확의 가을

사락사락, 조용한 소리에 로렌스는 눈이 뜨였다.

설마 눈이 오나 했다. 하지만 짧은 여름이 눈 깜짝할 새에 끝난 뇨히라라도 그러기엔 아직 이르다.

그 점을 깨닫자, 또렷해진 시야 속에서 호로가 꼬리를 빗고 있다.

"저 소리였나⋯."

눈이 오면 여관 일은 즉시 바빠진다. 마음이 놓인 로렌스는 들었던 목의 힘을 풀었다.

계절은 가을의 초입을 지난 무렵. 여름철 온천객은 이제 막 돌아간 참. 겨울을 향한 준비도 아직은 여유가 있어, 도로 잠을 청해도 용납될 귀한 시간이다.

"빠진 털은 잘 버려⋯."

그렇게 말한 뒤 로렌스는 어깨까지 이불을 끌어당기며 호로와는 반대편으로 돌아눕는다.

일 년치 피로를 풀 듯 밀려드는 잠에 몸을 맡기려던 그때였다.

"있잖아, 당신."

얼굴 위로 털가죽이 덥석 얹혔다. 물론 방한용 토끼 털가죽 같은 건 아니다.

훌륭한 털임에는 이견이 없으나, 사슴이나 토끼처럼 풀과 나무의 싹을 먹고 사는 짐승의 털과는 느낌이 다르다. 그렇다고 여우 털처럼 와스락거리지도, 곰 털처럼 뻣뻣하지도 않다.

늠름하고 매끄러운, 그야말로 들판을 바람처럼 미끄러지는 늑대의 털가죽이다.

하지만 평소라면 극찬하고 사랑할 그것도 지금은 잠의 방해물일 뿐이다.

"으… 왜….."

로렌스가 다소 거칠게 쳐내자, 이번에는 손바닥으로 짝, 뺨을 때린다.

"오늘은 밤을 주우러 간다고 하지 않았어?"

"낮에 가도 되잖아….."

꼬리뿐 아니라 손까지 밀어냈다가는 호로가 화를 낸다는 것은 몸으로 안다.

로렌스는 거의 무의식중에 여전히 뺨에 얹힌 호로의 손을 쥐고 깍지 낀 뒤 마무리로 입맞춤을… 하려던 참에 수마를 이기지 못하고 코를 골기 시작한다.

남겨진 호로는 한숨을 쉬고 꼬리를 탁 쳤다.

"멍청이."

그렇게 중얼거리고는 호로도 이불 속으로 들어와 로렌스의 등에 달라붙는다.

계절은 초가을.

뇨히라 전체에 평온하고 유유자적한 공기가 흐르는 아침의 일이었다.

로렌스는 취사 담당인 한나, 그리고 들어온 지 아직 일 년도 되지 않았는데 잡무에서 장부 업무까지 온전히 맡기게 된 세림에게 이런저런 언질을 한 후 가게를 나섰다. 도로 잠이 들었다가 너무 오래 자는 바람에 이미 점심때가 가깝다. 안 그래도 해가 짧은 뇨히라이니 금세 어두워지리라.

점심 식사용 빵과 소금에 절인 구운 고기를 담은 자루를 어깨에 멘 로렌스는 주운 나무열매, 버섯을 담아 올 요량으로 자루를 접어 넣고, 오가는 도중에 마실 물, 포도주를 담은 가죽자루를 등에 졌다.

봇짐장수가 따로 없는 차림새인데, 재빨리 앞서 걸어가는 호로는 빈 몸에, 길에서 주운 가지로 잠자리를 놀려 대고 있다.

"뭔가 불공평한 것 같지 않냐?"

짐을 고쳐 메며 로렌스가 묻자, 돌아본 호로가 어리둥절해한다.

"뭐가?"

하도 천진하게 시치미를 떼기에, 로렌스는 한숨을 짓고 "아닙니다요." 하고 대꾸했다.

호로는 가녀린 몸에 날개라도 달렸나 싶을 만큼 경쾌하게 숲을 걸어간다. 겉보기엔 여남은 살 소녀 같아도 실은 보리에 깃들어 수백 년을 살아온 늑대의 화신이기에 산행은 특기다.

그뿐 아니라, 늑대의 귀와 꼬리를 가졌고, 저 자그마한 몸에 거대한 늑대의 힘이 감춰져 있다. 이따금 우뚝 서서는 코를 킁킁댄 뒤, 로렌스를 돌아보지도 않고 손에 든 가지로 나무 밑동을 딱딱 두드리거나 손가락으로 가리킨다.

하인 저리 가라로 순순히 들여다보면 대개는 잘 자란 버섯이 나 있다. 가끔은 들쥐 굴이 있어 쥐 일가족이 불안하게 굴에서 올려다보기도 한다. 호로의 장난을 대신 사과하고 버섯을 한 조각 놓아두었다.

"어쨌든 기분 좋구나?"

등에 진 자루 하나를 벌려 버섯을 담으며 로렌스는 웃었다.

가게 안에서는 보는 눈이 있어서 삼각건과 허리싸개로 답답하게 감춰 왔던 늑대 귀와 꼬리를 드러내고 있는 것만으로도 해방된 기분일 수도 있겠다. 여름 내내 손님이 많았고, 호로에게 할당된 일도 많았다. 그리고 올해는 그런 일을 한창 하는 중에 오래전 이 땅으로 흘러 들어왔다가 세상을 뜬 나그네의 유해를 발견했는데, 그것이 원인이 되어 작은 소동이 벌어졌다. 그런 소동도 모두 가라앉고 지금은 활짝 갠 가을 날씨를 마음껏 즐기고 있는 거겠지.

마음이 편하다는 의미에서는 로렌스도 그렇다.

예년 같으면 여기에 외동딸 뮤리도 있다. 태양의 화신처럼 천진난만한 뮤리는 숲에만 들어서면 그야말로 새끼 늑대 자체다. 앞도 제대로 보지 않고 뛰어다니고, 구르고, 부딪치고, 박장대소한다. 담력시험이라면서 독버섯을 입에 넣으려 한 적도 한두 번이 아니다.

올해는 뮤리의 말썽에 가슴 졸이는 일도 없어, 다람쥐가 나뭇가지 위에서 열매를 갉는 모습을 느긋이 바라보며 걸을 수도 있다.

하지만 로렌스는 그 식겁할 떠들썩함이 참 좋았었다.

외동딸인 뮤리가 오라버니로 따르던 콜과 여행을 떠난 지도 반년이 넘었다. 자신이 그 두 사람 걱정을 하는 것은 단지 부모 마음에서만이 아니라, 사라진 그 떠들썩함에 연연해서인지도 모른다는 생각이 들었다.

그렇다면 로렌스가 뮤리 걱정을 하고, 두 사람이 보낸 편지를 거듭 되풀이해 읽는 꼴을 본 호로가 바보다 뭐다 하며 힐난하는 데에는 그럴 만한 이유가 있어서다.

앞장서서 길을 가는 호로가 묘하게 밝은 것도 아마 그 간극을 메워 주려는 뜻일 테고.

"…아니, 그건 너무 과대평가인가?"

저만치 앞에서 호로는 독립한 지 얼마 안 되어 보이는 어린 여우와 뱀 사냥 흉내를 내고 있다. 자랑스러운 꼬리에 낙엽을 잔뜩 단 채 즐겁게 깔깔댄다.

"이영차."

과연 대단하다고나 할까, 놀면서 걷고 있어도 뇨히라 주변의 산은 들쥐 굴까지 속속들이 아는 호로의 안내 덕분에 가져온 자루가 이내 꽉 찼다. 이래서야 밤나무 있는 데까지 가기도 전에 녹초가 되겠다.

로렌스가 일찍 쉬자고 하자, 호로가 숲의 요정처럼 숲속을 가리켰다.

거기에는 고목이 쓰러져 생긴, 볕 잘 드는 넓은 터가 있었다. 쓰러진 채 몹시 가는 줄기에 예쁜 연분홍 꽃을 딱 한 송이 피운 나무에 걸터앉아 짐을 내려놓고 보니 버섯은 이미 내다팔 수 있을 만큼 모였다.

"자, 물."

쓰러진 나무에 앉아 점심 식사 준비를 하고 있자, 모습이 보이지 않던 호로가 가죽자루를 손에 들고 서 있다.

어느 골짜기에선가 신선한 물을 떠왔나 보다.

"아, 고마워. 점심 차릴 테니까 잠깐만 기다려."

"음. 고기는 듬뿍."

그런 소리를 장난기도 없이 한다. 로렌스 옆에 서서 기분 좋은 듯 한쪽 눈을 가늘게 뜨고 산들바람에 흔들리는 나무숲을 바라보며.

로렌스는 나직이 웃은 뒤, 어처구니없을 만큼 빵에 고기를 가득 끼워 호로에게 건넨다.

　호로는 놀란 듯이 눈을 휘둥그렇게 떴다가 활짝 웃으며 빵을
받았다.

　가을 숲은 최고의 식량창고이나, 이 시기의 숲속은 눈이 쌓이
는 겨울보다 오히려 더 위험할 수 있다. 왜냐하면, 사람이 먹어
서 맛있는 것은 다른 짐승들이 먹어도 맛있으니까.

　호로가 어린애처럼 열심히, 산더미처럼 밤을 주워 모으는 바
람에 도저히 전부 지고 돌아갈 수가 없어 벌레 먹은 것만이라도
그 자리에서 골라내고 있을 때였다.

　뚝, 작은 나뭇가지 밟히는 소리에 돌아보니 바로 뒤에 로렌스
의 키를 훌쩍 넘는 거대한 곰이 있었다. 섣불리 움직였다가 발톱
에 얻어맞기라도 하면 즉시 죽음이다. 로렌스가 손을 멈추고 검
은 눈을 가만히 응시하고 있자, 호로가 돌아와 꼬리를 살랑였다.

　"무슨 용건 있나?"

　사람인 로렌스는 숲속 짐승의 기분을 알 수 없다. 하지만 늑대
의 화신 호로는 동물들의 기분을 알고, 동시에 로렌스는 호로
의 기분을 안다. 그러니 호로의 얼굴을 보면 상대 동물이 생각하
는 바도 대충 이해된다.

　온화한 호로의 웃음을 보니 눈앞에 나타난 곰은 예의 바른 상

대인가 보다.

"밤을 먹고 싶다고? 이쪽 거는 괜찮아. 벌레 먹은 거니까. 마음껏 가져가."

곰은 후훅 짤막한 한숨 같은 소리를 내더니, 로렌스와 호로가 골라낸 벌레 먹은 밤 무더기에 코를 박고 와구와구 먹었다.

호로는 그런 모습을 즐겁게 바라보다가, 곰이 문득 생각난 듯 머리를 들자 입에 가죽자루를 내밀어 물을 먹여 주기도 했다.

"올해 꿀벌은 어때? 겨울을 잘 날 것 같은가?"

달달한 먹거리에도 사족을 못 쓰는 호로는 숲의 주민에게 꿀벌의 동향을 들으려 한다. 곰도 자기가 좋아하는 벌꿀에 관해서는 가르쳐 주고 싶지 않은지 주저하는 눈치였으나, 호로가 물었으니 어쩔 수 없지… 하는 표정으로 콧소리를 훅훅 냈다.

"흐음. 내년 봄에는 '백조 봉우리' 근방을 노려야겠군."

산에 관한 호로의 지식은 인근의 사냥꾼, 벌목꾼에 비할 바가 아니다. 그런 지식을 구사해 이런저런 먹거리를 모으려는 것이야 좋지만, 채집, 포획, 사후 처리 및 가공을 나 몰라라 하니 참, 하고 로렌스는 생각한다. 특히 벌집을 따러 가는 것은 가능한 피하고 싶다.

벌집에 관해서는 너무 알려 주지 말라고 곰에게 눈짓을 보내 둔다.

그런 생각을 하고 있는데, 곰에게 귀엣말을 들은 호로의 귀가 핑 튕겼다.

"뭐라고?! 월귤이 수두룩?!"

무슨 솔깃한 소리를 들은 모양인데, 로렌스가 하늘을 우러르니 이미 색이 물들기 시작했다.

"당신! 월귤이래!"

호로가 진지한 얼굴로 로렌스의 소매를 잡아끈다. 하지만 로렌스는 밤 고르던 손길을 멈추지 않았다.

"좀 있으면 날이 저물 거고, 밤도 있고, 버섯도 있어. 다음에."

"멍청이! 얼른 안 가면 다른 놈들이 다 먹어 치울지도 몰라!"

거대한 곰이 받들어 모실 정도인 호로이건만, 유독 먹을 것에 관해서는 어린애가 따로 없다.

"하루 새에 다 먹진 않을 거 아냐? 먹보 늑대가 몇 마리나 된다면 또 몰라도."

예년 같으면 이런 이야기가 나오면 로렌스는 좌우 소매를 잡아끌렸다.

오른쪽엔 현랑 호로. 왼쪽엔 외동딸 뮤리.

"그럼 내일. 꼭이야?!"

어휴, 하여간에, 하며 로렌스는 한숨 섞인 동의를 해 둔다. 그렇게 먹고 싶으면 혼자서라도 산에 오면 되지 않느냐, 고 하는 건 안 된다. 호로는 둘이서 오고 싶은 거니까.

그리고 이렇게 떼쓰는 소리를 듣고도 또 기쁜 마음이 드는 게 자신의 곤란한 성격이라며 로렌스는 체념했다.

"그나저나 월귤이라고? 뮤리한테 설탕절임이라도 해서 보내 줄까?"

로렌스가 중얼거리자 호로의 귀가 쫑긋쫑긋한다.

"걔는 어차피 콜이한테 맛있는 걸 조르고 있을 거야. 안 그래도 돼."

호로는 뮤리 앞에서는 비교적 반듯한 어머니의 얼굴을 했으나, 맛있는 음식을 앞에 두고는 나이 차 얼마 되지 않는 자매처럼 다퉜다.

로렌스는 그것과는 별개로 뮤리라는 단어를 중얼거린 것을 후회했다.

한 번 입에 담고 나니 가슴속에 담겼던 말이 줄줄이 흘러나온다.

"요즘엔 편지가 안 오는데… 괜찮은 건지."

"무소식이 희소식이라잖아."

"그야 그럴 수도 있겠지만…."

높은 뜻을 품고 길을 나선 콜과 그런 콜을 오라버니라고 부르며 따라가 버린 뮤리는 각지에서 큰 소동을 일으키며 여행 중인 듯하다.

어떻게든 잘되겠지 하면서도 걱정이 끊이지 않는다.

무엇보다, 소중한 외동딸이 성실하고 솔직한 콜이기는 해도 한창 나이 때의 남자와 단둘이 여행을 하고 있다. 이런저런 나쁜 상상에 골머리를 앓고 있다가 로렌스는 머리를 딱 얻어맞았다.

돌아보니 호로가 어처구니없는 표정을 짓고 있다.

"하여간, 당신은 달라진 게 없어."

호로가 옳다는 것을 알면서도 로렌스의 고뇌는 가시지 않는다. 그러자 호로는 어이없어하며 곰의 목덜미를 쓰다듬는다.

"하여간 수컷은 멍청이 맞지?"

암컷 곰이었나 보다. 문득 생각해 보니 가게 안도 여자들만 있어 로렌스는 다소 입지가 좁다. 벌레 먹은 밤을 내던진 뒤 로렌스는 손을 털고 일어섰다.

"이제 그만 갈까?"

그렇게 말을 걸자 호로는 마지막으로 곰의 머리를 토닥이고는 올 때와는 달리 짐 몇 개를 스스로 짊어진다. 가녀린 몸집에는 몹시 무거워 보이는데도 늑대 모습으로 돌아가려고는 하지 않는다.

호로가 비틀대면서 로렌스의 손을 꼭 잡는다.

그 어떤 떼를 써도 로렌스는 이것만으로도 온갖 것을 용서하고 남는다.

"오늘 저녁밥은 무엇이려나?"

그 말에 로렌스는 어이없이 웃고, 한바탕 호로와 맛있는 음식 이야기를 나누며 숲길을 걸어 가게로 돌아갔다.

가장 좋은 계절의 가장 좋은 시간.

그렇게 두서없는 대화를 즐기며 걷고 있는데, 돌연 호로의 얼굴이 어두워졌다.

가게에 거의 다 왔을 즈음이다.

"왜 그래?"

"음…."

호로는 길 건너, 가게 쪽을 가만히 응시하고 있다.

코를 연신 킁킁대며 귀와 꼬리를 신경질적으로 움직인다.

"가게에 무슨 일 있어?"

최악의 상황은 화재다. 하지만 그랬으면 진작 늑대의 모습으로 돌아갔을 것이다. 도둑이 들어서 야단이 났을 리도 없다. 가게를 지키고 있는 한나와 세림 모두 사람이 아니니 도적 집단이 들이닥쳐도 물리쳤을 테고.

그렇다면….

"설마, 뮤리가 돌아왔나?"

들뜬 로렌스의 말에 호로는 그제야 시선을 로렌스에게 돌리고 쓴웃음을 지었다.

"멍청이. 하지만 영 틀린 것도 아니네."

로렌스가 고개를 갸웃하자 호로는 등짐을 고쳐 메고 어딘지 모르게 꺼리듯 말한다.

"글쎄, 잘 모르겠지만, 온갖 짐승 냄새가 나."

떠돌이 맹수 조련사라도 손님으로 왔나?

그렇게 생각하며 가게로 돌아가자, 열 명 가까이 되는 손님들이 와 있었다. 비수기인 데다 사전 연락도 없이 찾아오는 신규 손님은 흔치 않다. 로렌스는 그 손님들 사이에서 곤혹스런 표정을 짓고 있는 세림을 발견했다.

왜냐하면.

"어… 모두?"

비수기 온천객 전부가 사람이 아닌 이들이었기에.

말, 양, 산양, 소, 토끼, 새, 사슴으로 이루어진 단체손님이었다. 호로와 세림보다 연상으로 보이는 아가씨도 둘쯤 있는데, 여행 중인 여성이라면 으레 그렇듯 수도녀복 차림이다.

그들은 각자 이름을 댄 뒤 호로와 세림에게 공손히 인사하고 로렌스에게도 장황한 인사말을 늘어놓았다.

하지만 호로와 세림이라는 늑대의 존재가 두려워서 그러는 느낌은 아닌 것이, 몹시 기뻐하는 그들의 표정을 보면 확실하다. 맨 마지막으로 로렌스에게 인사한 장신의 사슴 씨는 커다란 양손으로 로렌스의 어깨를 잡고 이렇게 말했다.

"저는 언젠가는 이곳에 와 보고 싶었습니다! 우리 같은 이들을 위해 세워진 이 온천장에!"

로렌스는 그 순간 눈길을 어디에 두어야 할지 몰랐다. 호로도 어리둥절해했는데, 손님들은 사슴 씨의 말에 깊이 동의하듯 웃는 얼굴로 고개를 끄덕인다.

"이것 참, 염원이 이루어져 마침내 오게 됐습니다. 여기 있는 이들에게도 뜻을 전하자 흔쾌히 모였지요. 익숙지 않은 여행길이라 도중에 고난이 많았습니다만, 이거 정말 기쁘기 그지없습니다!"

마무리로 와락, 포옹까지.

로렌스는 "예에." 내지는 "뭐어." 같은 모호한 대답을 하며 사슴 씨의 말을 속으로 곱씹었다.

우리 같은 이들을 위해 세워진 온천장?

"그리 말씀해 주시면 참 영광입니다만… 저희 여관은 어느 분께?"

일회성 손님도 없지는 않고, 소개 없이는 묵지 못하는 것도 아니지만, 대부분은 다른 손님의 소개로 찾아온다.

로렌스의 물음에 대답한 것은 작은 키에 둥글둥글한, 주점 주인장일 듯한 산양 씨다.

"누구에게랄 것 없이, 남쪽에서 사는 우리들 사이에는 유명합니다. 이 세상 아득히 먼 북방의 땅에 온갖 다툼에서 벗어난 온천지가 있다고. 거기에 가면 우리도 남의 눈을 신경 쓰지 않고 편히 쉴 수 있는 온천장이 있다. 그 여관의 이름은…."

"온천장 '늑대와 향신료'!"

나머지 전원이 짠 듯이 합창한다.

기나긴 여정 내내 화톳불을 둘러싸고 목적지인 온천장 이야기를 하면서 왔겠지.

그 심정을 뼈저리게 알기에 로렌스는 기쁨에 가슴이 벅찼다.

그렇기에 짠한 마음도 들고.

"그러셨군요… 아니, 먼 길 잘 오셨습니다."

로렌스는 전직 상인에 온천장 주인으로서 이런저런 의문은 일단 삼키고 최대한 웃음을 지으며 그들의 환영한다. 긴 여정에 피로할 것이라고 세림에게 언질을 주고 그들을 방으로 안내하도록 했다.

갑작스런 진귀한 손님들이 여관 안으로 줄줄이 사라지는 것을 지켜본 뒤 로렌스는 머리를 가볍게 긁었다.

곁에서는 호로가 기가 찬 듯 어깨를 으쓱인다.

"소문은 내 다리보다도 빠르니까."

"그리고 정확하게 전달되는 법이 없지."

아마 그런 걸 거라고 로렌스는 말했다.

호로와 여행을 다니다 알게 된 이들이 동료 화신들에게 온천장 이야기를 잔뜩 늘어놓았겠지. 그 말을 들은 이들도 신기해서 또 다른 지인에게 이야기했을 테고. 온천객의 수행인들 중에도 드물긴 하지만 사람이 아닌 이가 섞여 있곤 한다. 시치미 뚝 떼고 주인을 모시는, 사람으로서 살고 있는 그들은 대부분 짐승의 화신으로, 능력을 용케 활용해 인간 세상에서 생계를 꾸리고 있다. 인간 세상에 녹아들기가 쉽지 않은지 그들은 호로의 존재를 희망과 행운의 증거로 보는 일이 많다.

우리 여관이 과장되게 알려져 있으리란 상상이 갔다.

그렇더라도 사람이 아닌 이가 자유로이 쉴 수 있는 여관이라는 것은 너무 나갔다.

"지금은 마침 아무도 없는 때라 괜찮지만…."

"겨울에 오면 곤란하겠군."

좁은 여관에서 남의 눈을 피해야 하는 갑갑함은 호로의 불만 사항 중 하나다.

"염려되기는 해도, 가게 상황을 이해시키고 최대한 즐길 수 있게 하자."

무엇보다 저토록 기대에 차서 찾아왔으니, 하고 로렌스는 생각했는데, 곁에 있는 호로의 표정은 썩 개운치 않았다.

"또 낯가려?"

하고 로렌스가 놀리자 귀와 꼬리를 부풀린 호로가 "멍청이." 하고 로렌스의 발을 밟았다.

그래 놓고는 넉살좋게 로렌스에게 매달린다.

"…내 체면이 달렸잖아."

별안간 안겨 든 호로를 다소 놀라며 마주 안고, 로렌스는 쓱

쓰레 웃었다.

하기는. 초식동물의 화신인 저들 앞에서 숲의 패자인 늑대가 강아지처럼 인간에게 응석을 부리는 것은 여러모로 모양이 안 서겠지.

괜한 허세라며 비웃을 수도 있지만, 영원한 소녀에게는 이런 저런 규칙이란 게 있으니.

"그럼 내가 응석을 부릴까? 그럼 체면도 지킬 수 있겠지."

로렌스의 말에 호로의 귀가 쫑긋 선다.

그리고 살짝 얼이 빠진 현랑은 하마터면 로렌스가 친 말의 함정에 빠질 뻔했다가 아슬아슬하게 빠져나갔다.

"멍청이. 그러면 마치 내가 항상 응석을 부리고 있는 것 같잖아."

아니었어? 라고 했다가는 깨물린다.

로렌스는 어깨를 늘어뜨리고 웃은 뒤 호로의 손을 잡아 입을 맞춘다.

"항상 저 같은 놈을 상대해 주셔서 황공하옵니다."

"음."

신하의 예에 호로는 지극히 만족했으나, 얼마 지나지 않아 서로 쓴웃음을 짓고는 손님을 대접할 채비에 들어갔다.

뇨히라라는 지역의 이름은 남방에서는 거의 전설이 되어 있는가 보다.

마을과 도시에서 태어난 사람은 대부분 그곳에서 평생 벗어나지 못한 채 산다. 세계를 돌아다니는 선원들조차 해변에서 해변의 여행일 뿐, 방문한 나라에 관해 사실은 거의 알지 못하는 게 보통이다.

그러니 한 달도 넘게 걸리는 머나먼 지방의 산중 깊숙이 있는 온천지는, 그곳에 갔다가 살아 돌아올 수 있을지 없을지도 확실치 않은, 말 그대로 이 세상의 끝으로 가는 여행이다.

그래서인지 비수기 손님들이 사는 지역에 소문이 전해질 즈음에는 온갖 것에 군더더기가 붙나 본데, 개중에는 명백한 오류도 있었다.

"교회도시 뤼빈하이겐 이야기는 우리 양의 화신들에게는 더없이 자랑스러운 일입니다. 로렌스 씨가 호로 님과 손잡고 전설의 황금 양과 함께, 사리분별을 못 하는 교회의 황금 독점무역을 뿌리째 뒤집으셨다지요?"

라는 양 씨.

"저도 레노스에서 펼치셨다는 두 분의 활약을 들었습니다. 참으로 기뻤습니다. 모피무역의 참상에 의로운 분노를 품으시고 거금을 투자해 모피를 확보하셨다지요?"

이것은 사슴 씨. 로렌스 일행이 둘러앉은 벽난로 앞에는 하필

사슴가죽이 깔려 있기에 엉덩이 밑이 좀 근질근질하다.

"아니, 아니지. 맨 처음 이야기야말로 가장 우리의 심금을 울렸지. 과거의 은혜를 잊고 호로 님을 해치려던 파슬로에 마을과 진실한 사랑으로 그들을 물리친 로렌스 씨의 일화! 듣자 하니 수만 냥의 은화로 용병을 고용하셨다지요?"

"그게 아니라, 로렌스 씨가 전 재산을 털어 호로 님이 깃든 보릿단을 악덕 상인에게서 사들여…."

"이상하네. 내가 들은 바로는…."

무슨 이야기가 뿌리가 되어 착각하고 있는지 대충 상상이 간다.

로렌스는 쓴웃음을 지을 뿐이었지만, 역시나 신경 쓰이는 것은 호로.

슬쩍 훔쳐보자 마침 포도주를 마시던 호로가 이깟 일로 화 안 낸다는 투의 눈길을 보내왔다.

"로렌스 씨, 진실은 무엇입니까?!"

술이 들어간 데다 오랜 여정을 끝낸 성취감도 한몫했는지 소란스런 손님의 채근에 로렌스가 쩔쩔매는 한편, 호로는 여자 손님들에게 둘러싸여 있다.

"로렌스 님과의 연애담은 진작 유명했답니다."

"역시 꼬리의 윤기가 결정타였다는데 사실인가요?"

호로가 어찌 대답할지 상상만 해도 무시무시한 질문이 로렌스의 귀에 들어온다.

눈길을 주자 짓궂은 웃음을 슬쩍 보일 뿐이다.

"로렌스 씨! 오늘은 아침까지 함께하십시다!"

고기 없는 버섯전골을 둘러싸고 손님들이 연신 술잔을 부딪친다.

로렌스는 그들의 꿈을 망가뜨리지 않는 선에서 호로와의 여행을 이야기했다. 이제는 별로 되새길 일도 없는 왕년의 대모험담이다.

한편으로는 그들에게 예전에 지나온 도시의 근황을 전해 들으니 로렌스도 즐거웠다.

개중에서도, 이들은 누구에게 듣고 엘사를 알았는지 그녀가 방아꾼 에반과 함께 사는 작은 마을에도 다녀왔다고 하여 놀랐다. 그곳에는 엘사의 아버지가 수집한, 옛 시대의 이야기가 담긴 책이 있으니 이들도 나름대로 한번 찾아가 보고 싶었으리라.

그런 생각을 하고 있자 슬며시 무언가를 로렌스에게 내미는 자가 있었다.

사람 좋아 보이는 풍모가 대부분인 가운데 날렵하게 생긴 말씨다.

"로렌스 씨께 전해 드릴 것이 있습니다."

라며 봉투 하나를 내민다.

"이건?"

228

"엘사 님이 보내신 편지입니다."

"엘사 씨가요?"

"술 마시다 잃어버리기 전에 드려야겠다 싶어서."

말 씨는 농담처럼 웃지만, 이미 바닥에 쓰러져 코를 고는 이도 있어 세림이 이불을 덮어 준다. 로렌스는 예를 표하고 봉투를 받아 들었다.

몹시 성실하고, 부친이 남긴 교회를 위해 필사적이었던 엘사다. 로렌스가 호로와의 관계를 두고 마지막 한 걸음을 내딛지 못하고 있을 때, 서로 사랑하면서 왜 손을 내밀지 않느냐고 꾸짖어 준 은인이기도 하다. 갑작스런 손님의 방문에 당황했을 텐데도 예의 바르게 이렇게 편지를 보내 준 것을 보니 여전한 것 같아서 참 반가웠다.

"고맙습니다."

"아닙니다. 제 본업이 원래 이겁니다. 편지를 가지고 있는 동안에는 마음 놓고 술도 못 마십니다."

말 씨는 싱긋 웃었다. 말의 화신이기에 다리 속도를 살린 일이기도 하리라. 하지만 파발은 상인 이상으로 신용이 중요한 일이니, 날렵한 용모의 말 씨에게는 성격적으로도 딱 맞는 일인 듯했다.

로렌스는 엘사의 편지를 들여다보다 문득 생각했다. 이쪽에서 콜과 뮤리에게 편지를 보낼 수는 없을까, 하고.

최근엔 편지가 줄어 지금은 어디에서 무엇을 하고 있는지 자세히 알 수가 없는데, 이쪽에서 보내려 해도 무수한 사람의 손을 번거롭게 할 것 같아 주저하게 된다. 그런데 이 말 씨라면 흔쾌히, 동시에 성실히 두 사람에게 편지를 전해 줄 것 같다.

하지만 그랬다가는 호로에게 또 무슨 말을 들을지 모른다.

안 그래도 과거 이야기를 하는 이 연회 자체가 호로에게는 마음 편치 않을 테니까. 호로는 로렌스가 상인 일을 그만두고 한곳에 정착하기를 바라긴 했으나, 그렇게 함으로써 로렌스의 꿈을 자기가 밟았다고 여기는 면이 있다.

느긋이 쉬고 있는 것을 방해한 점도 있으니 호로의 심기를 너무 해치는 짓은 삼가는 게 낫다.

그런 생각에 로렌스는 말 씨에게 하려던 부탁을 엘사의 편지와 더불어 가만히 품에 넣었다.

"엘사 씨의 편지, 분명히 받았습니다."

로렌스의 말에 말 씨는 담담히 웃고, 주위는 박수, 또다시 술잔이 포개진다.

떠들썩한 술자리는 밤늦도록 이어졌다.

"으…."

맹렬한 갈증에 로렌스가 눈을 뜨자, 그곳은 침실이 아니었다.

시야 저편 벽난로에는 큼지막한 장작이 딱 한 개 약하게 타고 있다. 어깨까지 이불이 덮여 있고, 몸을 일으키자 전신의 마디마디가 쑤신다.

거실은 깨끗이 정리되어 있는데, 아무래도 나만 여태껏 자고 있었나 보다.

"아, 안녕히 주무셨어요."

때마침 거실로 들어온 세림은 빗자루를 손에 들고 진작 일을 하고 있다.

로렌스가 겸연쩍게 머리를 긁자 세림이 배려하듯 쓰게 웃었다.

"다들 탕에 가셨습니다."

"호로 녀석은?"

혼자서 침실로 돌아갔으면 이 아침에는 기분이 별로일 게 뻔하다.

내게 덮여 있는 이불에 호로의 털이 붙어 있지 않으니 평소처럼 한 이불 속에 들어오지도 않았다는 뜻이다.

그런 한편, 로렌스는 이불 밑에 종이가 놓여 있는 것을 발견했다. 주워 들고 보니 낯익은 서툰 글씨로 '어지간히 소중한 편지인가 봐?'라고 쓰여 있다. 다른 여자의 편지를 품에 안고 자다니 뭐 하는 짓이냐는 뜻이리라.

엘사의 냄새를 잊었을 리 없으니 농담한 것일 테지만, 로렌스는 살짝 두려워하며 세림을 쳐다본다.

"호로 님은 함께 탕 쪽으로 가셨습니다. 어… 술을 잔뜩 가져
가셔서…."

물품 구입도 세림이 맡고 있다.

저 어투에서 보건대, 장부 앞에서 머리를 싸안을 만큼 부어라
마셔라 하고 있겠지.

"으으… 알았어요. 고마워요."

"아닙니다."

세림은 그렇게 말한 뒤 로렌스의 손에서 이불을 받아 든다.

"물 드시겠어요?"

이불을 접으며 세림이 묻기에 로렌스는 손을 저었다.

"괜찮아요. 세수도 하고 싶고."

세림은 술에 취해 뻗어 있던 멍청한 주인을 대신하여 일하고
있다. 여기서 더 민폐를 끼칠 순 없다. 세림은 공손히 머리를 숙
인 뒤 거실을 청소하기 시작했다.

로렌스는 희미하게 두통이 남은 머리를 손으로 탁탁 두드리
며 취사장으로 간다. 거기에서는 오늘도 한나가 척척 요리를
만들고 있다. 취사장을 지나 뒤뜰로 나가 우물가에서 얼굴을
씻는다.

조금 떨어진 곳에 있는 탕에서 즐거워하는 음성이 들려왔다.

가서 얼굴을 내밀어야 할지 망설였으나, 섣불리 얼굴을 내밀

었다가 또 술을 권해 오면 골치 아프다. 게다가 혹시 호로의 기분이 별로이면 경을 칠 수도 있다.

로렌스는 잡무를 처리해 두어야겠다는 생각에 얼굴을 훔치며 건물 안으로 들어가다가 복도에서 사람과 딱 마주쳤다. 정확하게는 사람이 아니라, 엘사의 편지를 배달해 준 말 씨를.

난롯불에 비치면 대부분의 남자는 은근한 멋이 더해지고 여자는 아리따움이 더해진다. 그런데 햇빛 아래에서 보니 실망이더라, 그렇다고들 하는데 말 씨는 날렵함이 오히려 더 빛을 발하는 것 같다.

아니, 실제로 빛을 발했다. 머리를 깔끔히 깎고, 옷도 각이 딱 잡혀서.

"안녕히 주무셨습니까, 로렌스 씨."

온천객이라기보다 어느 성에서 일하는 궁정 사용인 같다.

로렌스도 인사를 한 뒤 복장이 궁금해 물었다.

"평소에 이렇게 차려입으십니까?"

온천욕을 하며 편히 쉴 때 입을 만한 옷이 아니다.

"아닙니다. 지금부터 일을 하러 갑니다."

로렌스가 놀라자 말 씨는 조금 송구한 표정을 지었다.

"그래서 로렌스 씨께 한 가지 여쭐 것이 있는데요."

"저에게요? 뭡니까?"

"예. 이 온천장이 어디에 있는지 가르쳐 주십시오."

그러면서 말 씨가 품에서 꺼낸 봉투에는 봉랍으로 고정한 장식 끈이 붙어 있었다. 귀족이 중요한 인물에게 서신을 보낼 때의 문화라, 들은 적은 있지만 직접 보기는 로렌스도 처음이다.

장식 끈에는 뇨히라의 여관 이름이 쓰여 있다.

"…복장의 이유는 알겠습니다만, 무슨 일이신지요?"

무심결에 묻고 나서야 귀족의 편지 내용을 타인에게 누설하는 것은 파발 업무 위반임을 깨닫는다. 로렌스는 미안하여 쓴웃음을 짓자, 말 씨는 미소와 함께 고개를 저었다.

"아니요, 정치적인 일은 아닙니다. 오히려 이 봉서를 맡기신 귀족님께서는 제게 이 내용을 도중에 알리며 다니라고 하셨습니다."

"예?"

편지 내용을 알리며 다니라고?

무슨 의미인지 도통 알 수가 없어 말 씨의 얼굴을 쳐다보자, 온화하게 눈을 감은 말 씨는 가두에서 영주의 포고령을 전하는 전령관처럼 이렇게 말했다.

"오가는 이는 걸음을 멈추고 귀를 기울이시오. 로잔 왕국은 서버브령(領) 영주의 이름으로 전하오. 우리 선박에 승선한 용사의 이야기요."

두 손으로 공손히 봉서를 든 엄숙한 얼굴의 말 씨가 몸에 걸친 각 잡힌 복장 이상으로 등줄기를 딱 폈다.

"그는 신께서 내려 주신 선박에 승선해 용감하게 일곱 바다를 달렸다. 그는 신의 사명을 띠고 대해로 나선 수많은 선박을 지키며 늘 용기를 잊지 않았다."

거기에 이르자 로렌스는 저 봉서가 전해질 온천장을 떠올리고, 어떤 봉서인지 이해했다.

그 온천장은 아들 중 하나가 손님으로 온 영주의 주선으로 집을 떠났다. 젊은이에게 이 마을은 너무 좁은 반면, 세상에는 모험과 출세의 길이 열려 있다.

하지만 배달된 것은 봉서. 배달을 하러 온 것은 날렵함을 그림으로 그린 듯한 파발.

훌륭한 성과를 이루었다면 본인이 직접 오면 된다.

로렌스는 말 씨를 보았다.

"그는 용감히 싸우다 신의 곁으로 갔으니, 그 명예를 나의 이름으로 기리노라."

그리고 같은 이야기를 온천장 앞에서도 했다.

청천벽력이지만 아들을 떠나보낸 시점에서 어느 정도 각오는 했으리라.

여관 주인은 고개를 숙였다가 이내 힘을 추스르고 귀한 사자의 노고에 감사했다.

마을을 뛰쳐나간 젊은이는 해안 국가의 사관이 되어 해양기사 견습생으로 배를 탔던가 보다. 보통은 가신이 죽어도 웬만한 고위 직급이 아니고서는 영주가 직접 내린 편지를 고향으로 보내지 않으니 상당한 무공을 세웠으리라.

"또한, 해양 선원의 규정에 따라 선상의 보수를 전하노라."

말 씨는 품에서 은이 든 자루를 꺼내 주인에게 건넸다. 주인은 다시 한번 인사한 후 말 씨를 안으로 안내한다. 로렌스는 이곳에 더 머물러 봐야 할 일도 없기에 말 씨에게 묵례한 뒤 몸을 돌려 자리를 떴다.

오늘도 뇨히라는 조용하고, 하늘은 쾌청하다.

나도 여행 중에 불행을 목격한 적이 종종 있다. 도움을 청하는 이들을 못 본 척할 수밖에 없던 상황도 누차 있었다. 찬바람을 무표정하게 넘기는 기술을 익힌 지 오래라 생각했다.

헌데, 가을바람에 문득 몸이 부르르 떨렸다.

내게는 잃고 싶지 않은 것이 많이 늘었다.

부음을 알리러 온 말 씨를 보며 새삼 그 점을 이해했다.

로렌스는 종종걸음으로 자신의 가게로 돌아갔다.

굳은 얼굴을 하고 있어서는 행복과 웃음이 솟는 온천장의 주인 일을 할 수 없다.

손으로 두 뺨을 때려 기합을 넣은 후 가게로 돌아간 로렌스는 눈앞의 상황에 얼이 빠졌다.

거실 바닥에, 새빨간 얼굴로 젖은 수건을 이마에 얹은 채 호로가 잠들어 있었기에.

"로렌스 씨."

하고 말을 걸어온 이는, 토끼 씨. 시벽 안에서 봤으면 공 던지기라도 하면서 어린아이들을 상대로 달달한 빵을 팔러 다닐 것 같은, 약간 익살스러운 생김새의 인물인데, 그래서일까.

신음을 흘리는 호로에게 바지런히 이불을 펄럭여 바람을 부채질하는 모습이 축제 때 펼쳐지는 희극의 한 장면 같다.

"이, 이게 대체?"

"아니 그게, 탕에서 호로 님과 술 마시기 겨루기를 했는데….

과음한 끝에 탕 안에서 익어 버렸나 보다.

손님들의 연회 상대를 하는 것도 훌륭한 업무지만, 되레 취해서야 본전도 못 찾는다.

"야, 호로."

이름을 부르자 의식이 있는지 호로가 눈꺼풀을 희미하게 뜬다. 여행 도중, 또는 온천장을 차린 후에도 여러 번 겪은 일이다. 취해서 뻗은 호로의 모습.

"…물."

젖은 눈으로 나직이 신음하는 모습에 로렌스는 한숨을 지었다.

"이 녀석 뒤처리는 제가 하지요."

토끼 씨에게 그렇게 말하자 토끼 씨는 호로에게 술을 먹인 것에 책임이라도 느끼는지 다소 미안한 표정을 짓다가 고개를 숙이고 거실에서 나갔다.

로렌스는 재차 한숨을 지은 뒤 호로 옆에 무릎을 꿇고 물주전자를 집어 든다.

이미 비었다.

"얼마나 마신 거야?"

호로는 뭔가 대답하려다가 끄윽 트림했다.

"가만있어. 새로 물 떠올 테니까."

그리고 로렌스가 일어서자 호로가 말문을 연다.

"…내가, …이겼어."

놀라고 기가 막혀, 결국엔 웃는다.

"대접하는 쪽이 져 줘야지."

"…멍청이."

그러고는 히끅, 딸꾹질을 크게 했다.

로렌스는 어이없어하며 물주전자를 들고 취사장으로 향한다. 호로가 저 상태이면 또 세림에게 일이 몰리고 만다.

어제 딴 버섯도 밑처리를 해서 말리거나 소금에 절여야 하고, 밤도 벌레가 생기기 전에 삶아서 꿀에 절이거나 말려서 가루를 내야 하는데. 이런저런 생각을 하며 취사장으로 가자, 팔을 걷어붙인 사람들이 바삐 드나들고 있다.

"어라? 로렌스 씨."

"엇… 어?"

"아, 물이오?"

당황하는 로렌스에겐 아랑곳없이 손에서 물주전자를 홱 채
간다.

"거참, 호로 님은 술이 세시더군요. 우리 중에서는 밑 빠진 독
이라 불리는 이가 눈 깜짝할 새에 졌지 뭡니까. 지금쯤 방에 쓰
러져 있을 겁니다."

와하하 웃으며 경쾌하게 뒤뜰 우물로 달려간다.

남겨진 꼴이 된 로렌스는 취사장에서 허드렛일을 하는 이들
에게 뭐라 말을 걸어야 할지 몰라 멍하니 서 있었다. 어떤 이는
버섯을 씻고, 어떤 이는 암염을 부수고, 어떤 이는 밤 껍질을 열
심히 깎고, 어떤 이는 꿀 끓이는 냄비를 땀을 흘리며 젓는다.

그런 한복판에서 한나가 관록 넘치게 지시를 내리고 있었다.

"한나 씨, 이게 대체?"

하고 묻자 큰 어깨를 으쓱인다.

"호로 님이, 술 취해 뻗은 본인 대신이랍니다."

로렌스는 씁쓸하게 입을 우그렸으나, 정작 작업 중인 당사들
은 고개를 들고 즐겁게 웃었다.

"호로 님이 이기셨거든요."

"약속했거든요."

"정말 잘 드시더구먼요."

거짓으로 하는 칭찬은 아닌 듯하나, 자기가 하기 싫은 일을 걸고 호로가 술 겨루기를 한 게 분명하다. 게다가 대낮부터 술을 마실 수 있었으니, 말해 무엇하랴.

자칭 현랑 님의 잔꾀가 엿보인다.

"로렌스 씨, 오래 기다리셨지요?"

물주전자를 받아 들고 예를 표한 뒤, 로렌스는 그들에게 "적당히들 하셔도 됩니다."라고 말해 두고 취사장을 나섰다.

물의 냉기가 전해지는 철제 주전자를 들고 복도를 걸으며 로렌스는 고심했다. 혹시나 하여 거실로 가지 않고 계단을 올라 2층으로 가자, 두 아가씨가 바삐 바닥 청소를 하는 참이다.

"어머나, 로렌스 님. 안녕하세요."

둘 다 여행 때문에 수녀복 차림을 한 줄 알았는데 원래 성품이 고상한가 보다. 겉보기는 호로보다 연상, 그렇다고 세림처럼 너무 얌전하지도 않은, 마을 축제일에는 촛대를 드는 임무를 맡아 젊은이들의 인기를 모을 법한 아가씨들이다.

어젯밤 연회에서 자매라고 들은 것 같다.

"…설마, 두 분도 호로와 내기를?"

두 아가씨는 얼굴을 마주하고는 즐겁게 미소 지었다.

"원래부터 일을 하지 않으면 좀이 쑤시는 성격이라서요."

자락이 긴 로브 같은 옷을 입고 있는데, 팔은 말아 올리고 자락은 대충 묶어 무릎까지 걷어붙였다. 그런 거친 모습이 참으로 건강해 보이는 한편, 옷자락 사이로 드러난 맨다리가 늘씬한 것이 젊은 아가씨다움이 넘쳐 로렌스는 묘하게 허둥댔다.

호로가 아래층에서 자고 있어 살았다고 속으로 생각했다.

그러고 있자, 먼지를 다 쓸어 낸 두 아가씨가 만족스레 복도를 바라보며 말했다.

"굴뚝 그을음 청소도 있고, 벽난로 재도 긁어내야 한다고 들었습니다."

"은식기는 닦을 일 없으신가요? 빛나는 물건을 닦는 일엔 사족을 못 써서요."

"오는 내내 어찌나 몸이 근질근질하던지. 아아, 청소 좀 실컷 했으면, 하고."

호로는 물론이고 씩씩하기 그지없는 뮤리와도 다르게 명랑한 두 사람은 진심으로 일을 즐기는 것 같다.

복도는 반짝반짝하고, 환기를 위해 나무창과 문을 조금 열어두는 것도 잊지 않았다. 손끝이 야문 것을 보아하니 큰 저택에서 일을 하는 데에 익숙한 느낌이다. 은식기 닦는 이야기도 그렇고, 두 사람이 새의 화신 같다는 생각이 들자 묘하게 이해가 간다. 숲에서 발견하는 새 둥지는 하나같이 훌륭하고 깨끗한데다, 시벽 안에서 보석을 도둑맞았을 때는 일단 인근 나무 위의 둥지부터 찾아본다고 한다.

그렇다 해도 손님에게 허드렛일을 시키는 게 가당한 일인가. 실은 호로가 해야 할 일인데, 정작 본인은 술 취해 뻗어서 자고 있는 것을 생각하면 더더욱.

그런 한편, 시간이 남아도니 일을 하고 싶다는 게 아가씨들의 생각이라면 그렇게 해 주는 게 옳을 수도 있다. 왜냐하면, 지금은 비수기라 악사도, 무희도, 광대도 없어 심심풀이를 할 방도가 없다.

로렌스는 잠시 고민한 뒤 이렇게 물었다.

"…정말 괜찮으시겠습니까?"

두 아가씨는 얼굴을 마주하고는 되레 들뜬 표정으로 "물론입니다."라고 대답했다.

호로와 술 겨루기를 해서 객실에 쓰러져 있는 두 명을 제외하고는 여덟 명이 부지런히 일을 해서 가게는 의도치 않게 대청소 상황이 되었다.

오히려 로렌스가 해야 할 힘쓰는 일도 대부분 손님들이 가져갔고, 세림은 할 일이 너무 없어 어쩔 줄 모르고 어정대는 것을 여러 차례 보았다. 결국 서류 작업은 자기밖에 못 한다는 것을 깨달았는지 계산대에서 물품 구입 등의 계산을 하기 시작했다.

그런 이들을 바라보며 로렌스는 거실에서 호로의 곁에 앉아 벽난로 불침번을 섰다. 호로는 취기가 꽤 가셨는지 괴로운 기색은 사라지고 기분 좋게 숨소리를 내며 자고 있다. 이런 꼴을 보여 놓고 체면을 따지면 뭘 하나.

뒤척이다 미끄러져 떨어진 이불을 끌어당겨 어깨까지 덮어 주고, 뺨에 붙은 머리털을 손가락으로 치운다. 늑대 귀가 간지러운 듯이 움찔움찔하다가 다시 숨소리가 이어진다.

술 마실 기회만 있다 하면 결단코 놓치지 않는, 그와 동시에 귀찮은 일은 다 떠밀어 버리는 잔꾀가 무시무시하지만, 이렇게 자고 있으면 귀엽다.

느긋이 지내던 시기에 손님들이 줄줄이 찾아와, 이대로 겨울 채비에 들어가기까지 바빠지려나 했는데, 약간이기는 해도 호로의 잔꾀가 고맙지 않은 건 아니다.

저들이 부지런히 일해 주면 그만큼 나와 호로의 시간이 늘어나니까.

로렌스는 태평하게 잠들어 있는 호로의 얼굴에 담담히 웃으며 시선을 벽난로 불로 돌렸다. 아침에 넣은 큼지막한 통나무 장작 하나가 여전히 느긋이 타고 있다. 이대로 영원히 계속 탈 것만 같은 분위기다.

이곳은 뇨히라이고, 온천의 김과 악기의 음색으로 지켜지는 특수한 고장이다. 몇 백 년이나 큰 싸움에 휘말리지 않고 사람들에게 온천과 웃음을 제공해 왔다. 이곳을 꿈의 땅이라 부르는 이도 있고, 그렇게 만들고자 많은 사람들이 노력하고 있다.

하지만 모든 현실에서 자유로울 수는 없다.

로렌스가 한숨을 쉰 것은, 그런 걸 잘 알면서도 온천 김에 눈이 완전히 흐려져 있었다는 것을 뼈저리게 느꼈기 때문이다. 나쁜 소식은 어느 날 갑자기 날아든다. 각 잡힌 옷을 입고 찌푸린 얼굴을 한 사자가 흰 장갑을 낀 손으로 봉투를 열어 내용을 읽는다. 나는 그저 그것을 듣는 수밖에 없다. 할 수 있는 것이라고는 끽해야 귀를 막느냐 마느냐 정도. 로렌스는 거기까지 생각하다 잠든 호로를 보았다.

호로가 두려워하는 운명은 이런 거겠지.

온천 김 너머로 돌연 찬바람이 불어온다. 두터운 방한복을 챙겨 입는 습관은 진작 사라진, 그런 순간을 노리고.

로렌스는 묵묵히 자신의 손을 들여다보다 불현듯 편지를 떠올렸다. 엘사가 보내온 그것.

품에 넣어 두고만 있던 그것을 꺼내 봉투를 열어 본다.

예쁜 벌꿀색 눈을 가졌으면서도 늘 까다로워 보이던 엘사의 얼굴이 이내 떠오르는 딱딱한 인사말이 이어진다. 무난한 근황 보고와 셋째 아이가 태어났다는 이야기.

그리고 또 만납시다, 라는 글귀.

짤막한 한마디이건만 편지의 의미는 거기에 거의 담겼다.

설교라면 청산유수인 엘사가 평소에는 퍽 말주변이 없어서이

기도 하다.

또 만납시다.

찬바람이 모든 나무를 메마르게 하기 전에.

"으~…."

하는 소리에 로렌스는 정신을 차린다.

호로가 자면서 자세를 틀다가 로렌스의 다리에 얼굴을 부딪쳐 깨어나 있었다.

"뭐야, 당신이었어…?"

"구운 고깃덩어리라도 있는 줄 알았어?"

쓴웃음을 지으며 호로의 뺨을 손가락 등으로 쓰다듬자 이불 밑의 꼬리가 파닥댄다.

호로가 머리를 들기에 일어나려나 보다 했는데, 로렌스의 다리 위에 얼굴을 얹더니 꿈지럭꿈지럭 편한 자세를 찾아 몸을 움직인다. 일어나서 일할 생각은 추호도 없는 모양이다.

결과적으로는 호로가 일하는 것보다 몇 배로 빨리 가게 일이 진행되고는 있으나, 그것은 호로의 잔꾀의 산물이다. 뻔뻔스레 잠이나 자는 호로를 봐주는 건 별로 좋은 생각이 아닌 것 같다.

로렌스는 한숨을 쉰 뒤 호로를 일으키려고 등으로 손을 뻗었다. 그 순간.

"편지에는 뭐래?"

나가던 손이 멈춘 것은 호로의 음성이 의외로 반듯했기에. 취기는 눈곱만큼도 느껴지지 않는 현랑 호로의 음성이다.

다른 여자에게서 온 편지, 라서 저러는 건 아닌 듯하다. 엘사의 고지식함은 호로도 잘 안다.

로렌스는 호로의 등을 받치려던 손에서 힘을 풀고 어깨에 얹었다.

"두드리면 부서질 듯이 딱딱한 인사말과."

그리고 한숨.

"또 만납시다, 라네."

그러면서 손을 흔들며 헤어지고는 두 번 다시 만나지 않는 것이 당연지사인 행상의 삶이었다.

내가 뮤리 일로 좀체 차분해지지 못하는 것도 그래서일 수도 있다.

"만나러 갈 거야?"

다리 위에 머리를 얹은 호로의 얼굴이 로렌스 쪽에선 안 보인다.

하지만, 왠지 모르겠으나 호로가 눈을 뜨고 바닥을 바라보고 있을 것 같다.

호로의 진의는 잘 모르겠으나 로렌스의 대답은 정해져 있다.

"어떻게 가냐."

기분이 어떻든 갈 수 없는 게 사실이다.

세림이 있다 해도 온천장에 손님이 많아지면 잘 대처할 수 있을지 알 수 없다. 게다가 앞으로 세림의 오라버니 측이 세운 순례 여관에서도 뇨히라로 손님이 오기로 되어 있다. 코앞의 허드렛일만으로도 버겁다. 그런 생활이 계속 이어지는 것이다.

그러다 보면 시간이 흐르고, 이 땅을 벗어나는 일조차 상상하기 힘들어지겠지. 그리고 누군가가, 어쩌면 손님일 수도 있는데, 어느 날 온천장의 문을 두드리며 이렇게 말한다.

로렌스 씨에게 편지가….

그런 게 인간 세상의 일생이란 것이고, 세상은 너무도 넓고, 길은 가늘다.

소중히 아낄 수 있는 것은 내 손이 닿는 범위의 것뿐이고, 그마저도 사치라 할 수 있다.

로렌스가 호로의 어깨를 쓰다듬자 호로는 숨을 크게 들이마셨다가 내쉬었다.

"당신은 순 뮤리 걱정뿐이지. 걔도 보고 싶지?"

로렌스의 손이 멎는다.

"말이 이 땅에 왜 왔는지는 나도 들었어. 노파심 많고 멍청한 당신이 어떤 얼굴을 하고 가게로 돌아왔을지도 상상이 가."

툭하면 미래를 어둡게 보는 게 대체 누구인데? 하고 생각했으나, 호로의 귀가 소리 없이 웃는 것처럼 쫑긋대고 있으니 본인도 알면서 하는 말이겠지.

하지만 그렇다 해도 로렌스는 웃을 수 없었다.

호로가 굳이 저런 소리를 하는 까닭을 알 수 없었기에.

"…상처를 낫게 하려면 고름을 짜내야 할 때가 있긴 하지. 그래서 너도 내 상처를 꾹꾹 누르려는 거야?"

"멍청이."

호로는 그런 후 돌아누웠다.

붉은 기가 도는 호박색 눈동자가 겁이 날 만큼 다정했다.

"난 말이야."

그렇게만 말하고는 로렌스에게서 눈길을 피한다.

그러다 불쑥 키득키득 웃더니, 병상에서 일어나기라도 하는 것처럼 힘겹게 몸을 일으키고는 당황하는 로렌스에게 늘어져 기댔다.

"어, 어어, 너…."

화를 내지도, 울지도, 어이없어하지도 않는 호로의 태도에 로렌스는 되레 어찌할 바를 몰랐다.

엉거주춤하게 호로를 받아 안으니, 술과 온천욕으로 땀을 많이 흘렸는지 평소보다 한층 짙은 호로의 향기가 코를 간질였다.

로렌스의 품에 머리를 묻은 호로가 자기 냄새를 묻히듯 얼굴 방향을 두어 번쯤 바꿨다.

"뮤리가 나간 뒤로 요사이, 내가 응석이 좀 심했지."

"그거야…."

부정할 수 없는 사실이지만, 인정했다가는 호로의 손톱이 등에 박힐 수도 있다.

길이 잘 든 로렌스가 대꾸를 못 하자, 호로는 그것까지 포함해 웃고 있는 듯했다.

"쿠후. 당신을 선택한 내 눈이 확실했다는 얘기지."

"…뭐, 너는 물건 하나는 잘 산 거지. 내가 말하긴 뭣하지만."

로렌스의 말에 호로는 귀와 꼬리를 파닥였다.

그러나 간지러운 듯이 한바탕 웃고 나더니 문득 분위기를 바꿔 로렌스에게서 몸을 뗐다.

그리고 조용히 말했다.

"이래서는 저울의 균형이 맞지 않으니까, 내가, 당신한테 보답을 해야지."

여전히 당황한 기색이 역력한 로렌스의 얼굴을 보며 호로가 싱긋 웃는다.

뾰족니가 도드라지는, 장난을 좋아해 다소 짓궂지만 마음속은 그 누구보다 천생 소녀에 한결같은, 로렌스가 좋아하는 호로의 웃음이다.

"당신, 우리 여행 떠나자."

그 입에서 나온 말에 로렌스는 대경실색했다.

"…뭐? 너, 대체 무슨…."

"들은 대로야. 이미 십 년은 여기에 있었잖아? 인간 세상에서는 나름대로 긴 시간이지. 가끔은 밖으로 나가 보는 것도 괜찮을 거야. 게다가 뮤리에 대한 당신의 바보 같은 걱정도 깨끗이 털게 해 주는 게 훗날을 위해 나을 테니까."

"아니…."

말을 우물대기만 하는 로렌스에게 호로는 낯익은 몸짓으로 어깨를 으쓱였다.

"가게는 어떡하고? 그렇게 말하고 싶지?"

당연하지! 하며 로렌스는 입을 움직댔으나 말은 나오지 않았다.

온천장 경영과 유지가 얼마나 큰일인지 호로도 알 텐데. 그 중요성은 나 이상으로 잘 알 텐데.

나이 먹은 점주가 말년에 가게를 정리하고 순례여행을 나서는 경우가 분명히 있기는 하다.

하지만 그러기엔 아직 너무 이르다.

호로는 늘 극단적인 소리를 즉흥적으로 하지만 이번엔 도가 지나쳤다. 취해서 나온 망언인가 싶어 그제야 로렌스가 미간을 찌푸리자, 그것도 간파했는지 호로가 손가락으로 쿡 찔렀다.

"당신은 여전히 아무것도 보지 못하는구나."

"아니지. 전부터 언제나 변함없이 너의 엉뚱한 말과 행동을 지켜봐 왔지."

대꾸하자 호로는 아 그러시냐는 투로 가슴을 폈다.

로렌스는 이때다 싶게 말을 쏟아 냈다.

"가게는 어떡하고? 접어? 우리가 없으면 돌아가기나 할지 알수가 없다고. 그리고 한 번 접고 나면 다시 열더라도 멀리서 오는 손님이 금세는 못 와. 최소한 일 년은 걸리지. 그 사이엔 어떻게 먹고사냐? 물품 거래처도 다시 갖춰야 하고. 너는 조금더…."

"당신은 조금 더 자신이 해 온 일에 자신감을 가져야 한다고 생각해."

로렌스가 입을 다문 것은, 호로의 웃음에 그만한 깊이가 있었기에.

"당신은 이 가게를 훌륭하게 만들었어. 오는 손님들도 다들 아주 좋아라 하지. 콜과 뮤리가 없는데도 손님들의 평가는 여전하잖아? 이 가게는 큰 흐름이 제대로 잡혔다고."

그러면서 기쁜 듯 자랑스러운 듯 웃으니 뭐라 할 말이 없다.

호로가 남을 칭찬하는 일은 흔치 않다.

짓궂고 심술 사나운 호로이기에, 상대가 로렌스라면 더더욱.

"한두 해쯤 자리를 비운다고 손님은 화내지 않아. 오히려 당신과 내가 돌아올 때를 위해 부지런히 협조해 주지."

그렇게 잘될 리가… 하고 생각하면서 로렌스는 손님들의 모습을 떠올린다.

낙관적 예측은 삼가야 하는 것이 행상인의 관례다.

하지만 호로의 말을 의심하는 것은, 손님들이 우리 온천장을 그토록 선호하고 있다는 자부심을 의심하는 셈이 된다. 그리고 실제로 손님들은 우리 여관을 마음에 들어 한다.

로렌스는 그런 것을 논리적으로는 이해하면서도 호로의 엉뚱한 제안에 동의하기는 어려운 현실적인 이유가 있었다.

"그, 그렇다고… 취객들에게 가게 운영을 맡길 수 있어? 내가 없으면 세림은 장부 일만으로도 버거울 테고, 한나는 취사장을 못 떠나. 아무리 생각해도 절대 잘 돌아갈 리가 없다고."

이상향 뇨히라는 실로 피땀 어린 노력으로 성립되고 있다. 응석을 너무 받아 줘서 그런 것도 다 잊었느냐며 로렌스는 호로를 책망하듯 보았다가 거꾸로 째림을 당했다.

"멍청이. 그래서 내가 몸을 던져 그게 될지 안 될지 확인해 봤잖아."

"뭐?"

어리둥절해하는 로렌스를 보며 호로는 늘 짓는 어이없는 표정을 지었다.

"당신은 내가 잔꾀를 부려서 저놈들한테 내기를 시켰다고 생각하지?"

낮에 있은 일 이야기다. 술 겨루기를 해서 호로가 이기면 호로의 일을 그들이 하는.

"그, 그런 거, 아니…."

었냐? 까지는 말하지 않았다. 호로의 의중을 깨닫고 음성이 거칠어진다.

"설마, 너!"

빙그레 웃는 얼굴은 현랑의 얼굴이었다.

"내가 여기에서 퍼져 자고, 당신이 그런 나를 멍청한 얼굴로 사랑스럽게 들여다보고 있어도 가게 일은 평소 이상으로 잘 돌아가고 있지?"

그렇다면 주인 부부가 여행을 떠났어도 마찬가지.

그들의 일솜씨는 직접 눈으로 지켜본 바.

할 말을 잃은 로렌스를 보며 호로가 어이없는 한숨을 쉰다.

"나는 분명히 물건을 잘 골랐지만, 당신도 자기가 무엇을 손에 넣었는지 자알 생각해 볼 일이지?"

아까와는 달리 사냥감을 옭아매는 뱀처럼 호로가 찰싹 달라붙는다.

요즘 한동안은 로렌스가 호로의 치다꺼리를 하는 일이 잦았다.

하지만 호로는 역시 호로다.

"너무 오래는 안 되겠지만, 반년쯤이라면 녀석들도 하겠다고 할 거야. 보수는, 한가한 시기의 자유로운 시간."

저들은 이곳이 이상적인 온천장이라며 긴 여로를 마다치 않고 찾아와 주었다.

그런 열의를 믿지 않고 어찌 우리 여관의 매력을 자랑할 수 있으랴.

"너는….."

"으응?"

로렌스의 등에 팔을 감고 장난스럽게 꼬리를 살랑이며 응석을 부리는 호로.

그런 호로를 내려다보며 로렌스는 그저 마냥 웃는 수밖에 없다.

"아니, 과연, 보리에 깃든 늑대의 화신이다 싶네."

"흐응?"

무슨 뜻인지 어디 들어 봐 주마, 하며 호로가 도발적인 웃음과 함께 시선을 보내온다.

"엄청 공을 들였는데 말이야. 보리이삭이 훌륭하게 맺히지 않으면 말이 안 되겠지?"

호로가 눈을 휘둥그렇게 뜨고 입을 가로로 잔뜩 늘여 이를 내보인다.

"멍청이."

호로의 그 한마디를 수도 없이 들어왔다.

맞는 말이라고 로렌스는 생각한다.

아무리 함께해도 호로의 근사함을 다 이해하기는 무리일 테니.

"그럼, 정말로?"

로렌스의 물음에 호로는 이렇게 대답한다.

"음. 손주 얼굴도 보러 가야지."

"응, 뭐어?!"

말을 잇지 못하는 로렌스를 보며 호로가 싱글싱글 웃는다.

이 녀석은 진짜 허구한 날… 하며 로렌스가 얼굴을 찡그릴 만큼, 호로는 기쁜 듯이 꼬리를 흔든다.

"난 현랑 호로야. 당신쯤이야 내 손바닥 위지."

말은 그러면서도 호로는 로렌스의 가슴에 얼굴을 묻고 있다.

아니, 이러니까 더 문제라며 로렌스는 가녀린 몸을 끌어안는다.

이런 늑대가 달라붙으면 다시는 떼어 낼 길이 없으니.

"참 무시무시한 이야기야."

로렌스가 체념하듯 중얼거리자, 벽난로 속에서 장작이 터졌다.

계절은 가을.

가장 좋은 계절의 가장 좋은 시간이 흐르는 무렵이었다.

20권 끝

오랜만입니다. 하세쿠라 이스나입니다. 『늑대와 향신료』도 마침내 20권을 맞았습니다. 고맙습니다. 돌이켜 보면 3권 시점에서 이미 사전에 생각해 두었던 스토리가 떨어져 앞으로 어떻게하나 불안했었습니다. 재시동 후의 단편집도 처음엔 쌓아 놓은게 있었지만 최근엔 마른 행주를 쥐어짜듯 스토리를 생각하는데, 짜면 또 나오니 신기합니다. 이 행주, 실은 말라 있는 척하는 기술이 뛰어난 것뿐…?

하도 짜서 찢어질락 말락 하더라도 계속해서 쓸 수만 있다면야, 그러니 모쪼록 잘 부탁드립니다.

그리고 이 후기를 여러분이 읽으실 쯤에는 아마도 코우메 케이토 선생님이 그린 『늑대와 향신료』 최종화가 이미 잡지에 게재되었을 겁니다. 이쪽도 십 년이 넘는 긴 시간 동안 100화에 달하는 호로와 로렌스의 이야기가 그려졌습니다. 라이트노벨의 코믹스화는 애니메이션화를 비롯해 이런저런 사정에 좌우되기 마련이고, 원작 시리즈가 길어지면 그만큼 계속하기가 여의치 않게 됩니다. 그런 와중에서 코우메 케이토 선생님은 높은 퀄리티를 유지하며 끝까지 그려 주셨습니다. 정말 애 많이 쓰셨습니다!

수많은 라이트노벨 코믹스화가 이루어지는 가운데 저는 참으로
행복한 원작자 축에 속한다고 생각합니다. 코우메 선생님과 이
끌어 주신 편집 담당 O님께도 감사를!

　이라며 간만에 감동적인 마무리를 하고 싶었습니다만, 지면
이…. 그리고『늑대와 향신료』도『늑대와 양피지』도 아직 더 (아
마도) 이어질 것이므로!

　근황을 쓰자면, 살쪘습니다. 인생 최대 몸무게를 기록해서 앉
아 있으면 배가 버겁습니다. 여름 전 조깅과 식사제한이 잘돼서
방심하고 라면, 커리, 커리, 라면 같은 생활을 했더니 눈 깜짝할
새였습니다. 다시 운동과 곡물빵 생활입니다, 라고 해 놓고 이
후기를 쓰는 중이던 어제, 시카고 피자라는 케이크 같은 피자
를 먹었습니다. 무진장 맛났어요! 지금 제일 먹고 싶은 것은 아
귀나베입니다. 아귀 간이 듬뿍 들어간 것으로. 생선이니 건강할
겁니다. 아마도. 꼭.

　그런 한편, 최근에는 여행을 못 갔으니 2018년은 여행을 가
고 싶다는 생각도 합니다. 일본 방방곡곡, 꼽아 보면 대부분은
가 본 적이 없어요(이동하면서 지난 것은 빼고).

　시코쿠 순례길도 걸어 보고 싶고, 아직 해야 할 일들이 수두
룩한 듯합니다.

　요는『늑대와 향신료』의 세계에도 아직 재미있는 이야기가 한

참 잠들어 있을 거라는 거!

이런 느낌으로 이 후기를 마칠까 합니다.

하세쿠라 이스나

Spring Log─온천 일지, 세 번째 이야기입니다.

어느 권쯤부터였는지 늑향 스토리를 읽다 보면, 혹시 이건 훗날 나이를 먹은 로렌스가 쓴 회고록이 아닌가 하는 생각이 들었습니다. 거의 로렌스의 일인칭 시점으로 이야기가 진행되기 때문이기도 했고, 본편 17권이 진행되는 동안에는 사이드 스토리에서나 간간이 호로의 시점을 볼 수 있었으니까요.

그러다 곡절 끝에 호로가 자신의 시점으로 일지 쓰기를 시작했지만, 로렌스에게도 안 보여 주는 글이니 우리야 볼 일이 없을 것 같네요. 다만, 호로의 일지와 엮어서 또 웃음과 사랑 가득한 단편을 보여 준 하세쿠라 이스나 작가에게 짝짝짝 박수를 보냅니다.

그나저나, 로렌스와 호로는 갈수록 사랑이 무르익네요. 꿀 찾으러 굳이 산에 갈 필요가 있나요? 날이면 날마다 두 사람 눈에서 꿀이 이렇게 뚝뚝 떨어지는데. 로렌스는 뮤리가 집을 떠난 뒤로 호로의 응석이 늘었다고 하는데, 자고로 누울 자리를 봐 가며 발을 뻗는다고, 그럴 만하니 그렇게 되는 거죠. 로렌스가 갈수록 호로에게 안 돼요, 돼요, 돼요, 상태잖아요. 본인도 은

근히 기대하면서 기꺼이. 물론 거기에는 어쩔 수 없이 늘 한 줄기 서늘한 그림자가 있어 아린 속가슴을 쓸어내리지만.

유독 사이드 스토리를 좋아하는 저는 Spring Log의 단편들 모두 좋았지만, 특히 이번 20권 다섯 편의 단편들은 제 마음을 탁 쳤습니다. 또한, 다섯 개의 단편 낱낱의 이야기 자체의 완결성뿐 아니라, 다섯 이야기가 전체적으로 큰 틀에서 기승전결의 인상을 주는 것에도 감탄했어요. 포근포근 둥실둥실 시작한 「늑대와 봄날의 유실물」에 이어 「늑대와 흰 사냥개」, 「늑대와 시럽 빛깔 일상」으로 후각과 미각을 총공격하면서 달달함의 레벨을 업 & 업 시키더니 「늑대와 파란 꿈」에서 찔끔 눈물 맛을 보게 해 줄 줄은 몰랐습니다. 아으, 단짠 전략인 것입니까?! 그리고 「늑대와 수확의 가을」의 줄줄이 이어진 웃음, 그러다 허를 찌른 호로의 한마디. 로렌스만큼이나 당황했습니다. 그리 오래는 아니겠지만, 잠시라도 부부 사기단의 모습을 다시 볼 수 있는 건가요? 가슴이 설렙니다.

여담으로 아람과 세림, 나무 그늘에서 가만히 상황을 살피고 있는 송구한 표정의 오누이. 뜻밖에 꽂혔습니다. 아람과 세림은 조금 더 자주 나와야 함이 옳아요.

하세쿠라 작가가 원작자 후기에서 마른 행주를 쥐어짜야 간신히 이야기가 나온다고 하는데, 그럴 리가요. 날이 갈수록 달달해

져서 독자에게 꿀 중독 사망을 안겨 줄 기세인 『늑대와 향신료』 입니다. 죽을 준비 됐어요. 21권, 고대합니다.

역자 박 소 영

늑대와 향신료

늑대와 향신료 [20]

2019년 7월 10일 초판 발행
2020년 11월 30일 2쇄 발행

저자 하세쿠라 이스나 | **일러스트** 아야쿠라 쥬우 | **옮긴이** 박소영
발행인 정동훈
편집 팀장 황정아 | **편집** 노혜림
발행처 (주)학산문화사 | 서울특별시 동작구 상도로 282 학산빌딩
편집부 02.828.8838(전화), 02.816.6471(팩스) | **영업부** 02.828.8986(전화), 02.828.8890(팩스)
홈페이지 www.haksanpub.co.kr | **등록** 1995년 7월 1일 | **등록번호** 제3-632호

OOKAMI TO KOUSHINRYOU Vol.20 Spring Log Ⅲ
©ISUNA HASEKURA 2018
First published in Japan in 2018 by KADOKAWA CORPORATION, Tokyo.
Korean translation rights arranged with KADOKAWA CORPORATION, Tokyo,
through Korea Copyright Center Inc.

ISBN 979-11-348-1437-3 04830
ISBN 978-89-529-9574-2 (세트)
값 7,000원